·名家名篇·

青色山河

雷正辉 主编

中国商业出版社

图书在版编目（CIP）数据

青色山河 / 雷正辉主编 . -- 北京：中国商业出版社，2019.6
ISBN 978-7-5208-0764-7

Ⅰ. ①青… Ⅱ. ①雷… Ⅲ. ①中国文学－当代文学－作品综合集 Ⅳ. ① I217.1

中国版本图书馆 CIP 数据核字（2019）第 088078 号

责任编辑：常　松

中国商业出版社出版发行
010-63180647　www.c-cbook.com
（100053 北京广安门内报国寺 1 号）
新华书店经销
北京天恒嘉业印刷有限公司印刷

*

710 毫米 ×1000 毫米　16 开　14 印张　220 千字
2019 年 8 月第 1 版　2019 年 8 月第 1 次印刷
定价：58.00 元

* * *

（如有印装质量问题可更换）

序 言

雷正辉

轻舟已飘过，余生寄山河。

两年半前的一天，在春天的阳光里，得知德羲要来，思绪澎湃。我念着过往岁月的印记，惊喜地发现自己对未来认真地生活抱有希望，便想以"青色山河"之名积淀生命的喜悦与挫折，见证过去，见证现在；并在忙忙碌碌的空隙感恩家人带来的温暖和重温朋友的情谊。

《青色山河》这本书是一群有趣的作者们众筹出版的，源自公号"青色山河"里的精华。青色，春季的绿草茵茵，也是珠江两岸一年四季生机盎然之意；中华神州，表里山河，有充满活力的壮丽，也常常激励自己不可荒废这美好时光。作者们大多是工科出身的工程师、企业职员、公务员或者小商贩；他们是我的同学、同事、人生路上相遇的朋友。这本书是他们大多数人的第一本非专业的文学作品集，难能可贵，意义非凡。这样的时代，电子产品的大势之下，他们是少有的、有趣的一群人。为了这本书的出版，作者们表现出来的热情和耐心，怎样点赞都不为过。

请读者们包容我们这群人的付出，书中文笔可能没有名家大师的手法带来的快意，也没有文学专业的惊喜，但我们的作者有令人耳目一新的、对生活真实的感悟和直白的告解。通过您的阅读，相信您也能感受到作者们的热情和诚恳穿透纸背。在电子科技发达、读书方式多样的今天，相信您能感受到这样的一股清流，用青春的表达展示平凡有趣的人生视角。

《青色山河》这本书对于作者们来说，是实现他们文学梦想的第一次，是作者们献给读者、发现自己、发现世界、发现时代的印迹。感谢您的阅读，感谢作者们。我们会继续不畏渺小，胸怀未来，结伴同行，一起面对这个生机勃勃的时代。

2018 年 11 月 广州东山

目　录

第一辑　散文

记忆中的春节	002
这里是菊花洲	006
花城的街花记忆	012
是吃货，必有追求	014
那些年，那些事	016
坚信梦想的力量	018
老泉	020
母亲	023
广州的天与绿	026
执着追求，不执念于回响	028
天青色的盌——读木心的《童年随之而去》	031
时钟的齿轮——读东野圭吾《嫌疑人X的献身》	034
麦兜的歌声	036

受挫的搭讪…………………………………………………………………038

遇见………………………………………………………………………044

给孩子的一封信…………………………………………………………048

爱的盲点…………………………………………………………………051

腐草为萤…………………………………………………………………054

而立之年…………………………………………………………………057

滇中杂记…………………………………………………………………062

吴哥的微笑………………………………………………………………068

园林五记…………………………………………………………………072

万里归来仍是少年………………………………………………………077

故乡的菜肴………………………………………………………………080

第二辑　杂谈

汝之甘霖，吾之砒霜——笑傲江湖的政治………………………………084

不忘初心，相忘江湖——笑傲江湖的爱情………………………………095

挡不住的诱惑……………………………………………………………102

纬度相异的生命，何以共存……………………………………………104

双城记——新加坡和香港………………………………………………106

静谧之力…………………………………………………………………109

美国行记…………………………………………………………………111

仲春省亲记………………………………………………………………125

年，就该这么过…………………………………………………………137

好人有好报⋯⋯⋯⋯⋯⋯⋯⋯⋯⋯⋯⋯⋯⋯⋯⋯⋯⋯⋯⋯⋯⋯ 147

过春节⋯⋯⋯⋯⋯⋯⋯⋯⋯⋯⋯⋯⋯⋯⋯⋯⋯⋯⋯⋯⋯⋯⋯⋯ 150

弘扬五四精神,奉献火热青春⋯⋯⋯⋯⋯⋯⋯⋯⋯⋯⋯⋯⋯ 156

忙碌之中,稍稍停留⋯⋯⋯⋯⋯⋯⋯⋯⋯⋯⋯⋯⋯⋯⋯⋯⋯ 158

一抓一把的研究生的时代,学习没有一劳永逸⋯⋯⋯⋯⋯ 160

我是驻村干部⋯⋯⋯⋯⋯⋯⋯⋯⋯⋯⋯⋯⋯⋯⋯⋯⋯⋯⋯⋯ 163

山水美,乡土情⋯⋯⋯⋯⋯⋯⋯⋯⋯⋯⋯⋯⋯⋯⋯⋯⋯⋯⋯ 165

春来多雨雾,跑马知时节⋯⋯⋯⋯⋯⋯⋯⋯⋯⋯⋯⋯⋯⋯⋯ 167

杧果树的约定⋯⋯⋯⋯⋯⋯⋯⋯⋯⋯⋯⋯⋯⋯⋯⋯⋯⋯⋯⋯ 169

回青海⋯⋯⋯⋯⋯⋯⋯⋯⋯⋯⋯⋯⋯⋯⋯⋯⋯⋯⋯⋯⋯⋯⋯ 171

鱼珠的姐妹花⋯⋯⋯⋯⋯⋯⋯⋯⋯⋯⋯⋯⋯⋯⋯⋯⋯⋯⋯⋯ 175

二回路供电的变电人生⋯⋯⋯⋯⋯⋯⋯⋯⋯⋯⋯⋯⋯⋯⋯⋯ 177

第三辑　诗词

龙珠⋯⋯⋯⋯⋯⋯⋯⋯⋯⋯⋯⋯⋯⋯⋯⋯⋯⋯⋯⋯⋯⋯⋯⋯ 180

遇见你的时候⋯⋯⋯⋯⋯⋯⋯⋯⋯⋯⋯⋯⋯⋯⋯⋯⋯⋯⋯⋯ 184

卜算子·韩江畔遇春⋯⋯⋯⋯⋯⋯⋯⋯⋯⋯⋯⋯⋯⋯⋯⋯⋯ 186

永遇乐·紫陌长安⋯⋯⋯⋯⋯⋯⋯⋯⋯⋯⋯⋯⋯⋯⋯⋯⋯⋯ 187

奶爸在路上⋯⋯⋯⋯⋯⋯⋯⋯⋯⋯⋯⋯⋯⋯⋯⋯⋯⋯⋯⋯⋯ 188

同桌的你⋯⋯⋯⋯⋯⋯⋯⋯⋯⋯⋯⋯⋯⋯⋯⋯⋯⋯⋯⋯⋯⋯ 190

有那么个瞬间,我后悔当了妈⋯⋯⋯⋯⋯⋯⋯⋯⋯⋯⋯⋯⋯ 192

一场伤心的恋情⋯⋯⋯⋯⋯⋯⋯⋯⋯⋯⋯⋯⋯⋯⋯⋯⋯⋯⋯ 195

凤凰花开 ·· 197

第四辑　小说

魔方 ·· 200
假如时针和分针搬了家 ·· 204
1989 年的春节 ·· 212
茶壶 ·· 214

第一辑 散文

记忆中的春节

雷 凡

一

很多人最难忘的春节，都在记忆里。

那时候的春节，耳畔不时响起爆竹的声音，兜里装着二脚踢、几颗冰糖，还有一些炒花生、炒黄豆、麻花类的吃食。手提着一个用旧大搪瓷水杯做的火兜子，时不时吹上几口，把火兜吹旺些，或抡起胳膊飞快地转上几圈，火兜立刻就不会冒浓烟了。

初一是不出远门的。一大早就会有小伙伴相邀，到左邻右舍去拜年。村头的寒风凛冽，北风刮着光秃秃的枝丫呼啸而过，一群小伙伴们穿着新衣新鞋却特意踩着冰凌，抡起火兜，不时点上几个爆竹丢进田垄上看冰泥四溅。谁的爆竹熄了或没炸起冰泥就会引发嘲笑。最怕的就是炸路边的牛粪，一不留神就会被炸飞的"宝贝"给击中，回家不免好一顿收拾。

初一拜年也是有讲究的，一定要从村里的亲戚或长者家开始，一起揖手拜年，一起眼巴巴地等长者给的、用红纸包的几分一毛的红包或一些干货吃食，出了门肯定会相互比较一番。

第一辑　散文

待到夜色将近，新的任务又开始了。这时应该去祖宗长辈的坟前拜年，带上几根红烛、香火，还有相当难得的一串鞭炮，偷偷拆下几个就成了自己的私货，便有了与小伙伴比拼一番的本钱。

年岁大了，春节的味道好像变了。其实不然，一家人团聚的味道没变，永远怀念幼时春节的念想未变，只是各自承担的责任在变……

二

家乡的春节更有味道，因为那里有极为传统的龙灯、旱船。

每当腊月来临，各村的老少爷们儿、媳妇大妈们就会盘算着怎样拉起一支舞龙的队伍，实在凑不齐人就组建一个仅需要三五人的划旱船小队。

舞龙的队伍非常庞大。按照祖上遗留下的规矩，舞龙的人数必须是单数，11人以上才称得上大龙灯，稍大的村子组建的龙灯肯定是15人及以上，人数少了就会被四里八乡的队伍比下去了。舞龙最关键的是舞龙珠的。龙珠在前，龙灯在后，龙珠是队中的指挥，一般来说又是舞龙技艺传承较好、体力充沛的中青年。

舞龙头的也是关键。竹扎的龙头重达十多斤，一天下来没有过人的臂力那可是玩不转的。同时，舞龙头的人还需要得到大家的认可，体力、技巧、为人都是重要的考量。还有经常容易被人忽略的龙尾，也是极为耗费精力的，龙灯一摆水，龙头、龙身部位跑动不多，可龙尾却是需要跑出数倍的距离，所以这个舞者肯定是年轻力壮且腿脚极为灵活的人。

舞龙没有乐器可不行。没研究过各地的风俗传统，不知各地舞龙乐器有什么不同。在老家那地方，乐器一般是这三件：鼓、锣、铙钹。有时可以加入唢呐、大抄锣还有小鼓、小锣、小铙钹等。一个完整的舞龙配乐，没有十来人可是玩不出那气势。

"仓且，仓且，仓且仓且且……"鼓起龙动，大鼓是乐队及舞龙时的总指挥，好的鼓师可以用鼓点引导甚至控制舞龙的速度、花样和情绪。鼓点不仅可以用来奏出带感的节奏，而且还能与舞龙珠的一起默契地指挥着龙灯下一动作。

记得那年应该是读小学四年级，我非常幸运被选入村里小龙灯队，而且还是敲鼓的。这个任务可不简单，为了练好鼓、不被骂，那是费了不少功夫。我每夜都是抱着鼓睡，时不时敲几下，总是被批斗方才嘟着嘴罢休。

舞龙需要技巧。在老家，如果没有练出至少舞出"天下太平，国泰民安"这八个字是不能出来跑江湖的。现在有时看到舞龙灯的，观众一看到"舞龙摆水"这非常有架势的环节就立马兴奋起来。其实，舞龙摆水好练，只要大家节奏步伐一致即可。但要在舞龙时摆字，那是很难练的。就好比现代集体舞蹈中的走位，一个人走错了，字没摆成，龙身也会纠缠在一起解不开，这是件极其丢脸的事情。

到了来年，舞龙队再进入当年丢脸的那个村，就没人在舞龙进大门时点鞭炮了，舞完了也没人给香火钱。不为别的，水平不行出来跑江湖就是丢人现眼，就会被十里八乡的人笑话几年。

好在，我们那时练得也比较扎实，加之是小龙灯队，各个村庄的大人们也没有那么较真儿。想想，一晃三十多年过去了，什么节奏、技巧都不记得了，只能用笔头吹吹水罢。

三

舞龙有很多传统与讲究。

春节时龙灯走村串户，两龙相遇，必有一番比拼。比舞龙摆阵、游龙摆水，还要比念唱词。舞龙时遇到有人家过新屋、新婚、新生宝宝或老人大寿，均有不同的唱词。

如果两龙相遇，其唱词更为复杂，既有如同东北胡子般的暗语切口，还有传统的套路套词，这是需要斗机锋的。一般负责唱词的多是村里的老人，没有十几年功底根本记不住，更不会现编现唱。

春节时的舞龙种类很多，有草龙、纸龙、布龙、板凳龙等十来种，走村串户跑江湖的一般为布龙。龙头与龙尾均为竹编工艺，外敷各色锡纸，金光灿灿，十分威风。而布龙轻便，且不易损坏。当然，布龙的颜色也不能乱选，如果选的是黄色那便是金龙。

舞金龙可不简单，没有过硬的水平那完全就是找虐。如果听说哪支队伍舞的是金龙，那十里八乡的舞龙队伍极有可能会特意前来挑战。村里的观众就是评委，谁都可以讲出很多头道出来。

舞龙排场大，耗费的人力物力也大，划旱船就简单得多。5人至9人即可组成一个完整的队伍，旱船中间一般是一位年轻貌美的女子，2人划船，3至5个敲锣打鼓打镲的，还有一人是演小丑。在鄂东南老家，这个小丑也叫"麻子婆婆"，她右手拿一把破蒲扇，鼻子抹上白色的粉，脸上打上一大堆明显的麻子，她负责在旱船周围来回舞动，一边扇蒲扇，一边动作极为夸张搞笑，从而引发观众的笑声。

其余人在边上敲锣打鼓，旱船便根据节奏的变化进行表演。两个划船的还会穿插唱词，其他所有人包括现场一些观众会在最后一个唱词时附和伴唱，锣鼓声不停歇，旱船舞动不歇，大家的附和不断，那热情的互动场面比当前歌星的演唱会可要来得痛快得多。

旱船一来，最受细伢仔（小孩子）的欢迎。往往会有一大堆细伢仔跟随在麻子婆婆身后，模仿麻子婆婆的搞笑动作，一起舞动，一起哄笑不已。

这时的乡村便成了欢乐的海洋，鼓声锣声嬉戏欢闹声响彻整个屋场，细伢仔的春节由此便打上了欢乐的烙印，留存在记忆深处永远都不曾忘怀……

这里是菊花洲

雷 凡

一

"麻鸡婆，尾巴拖，三岁伢仔会唱歌。"

"麻鸡婆，尾巴拖，光头和尚娶老婆。"

一双光脚丫子，吸嗒着鼻涕虫儿，肥圆圆的光头脑壳，边捣蛋边唱边跳地走过来一个细伢仔。

"老蒋，我家的大花鸡婆又不生蛋了，是不是你昨天又满田坂去追打了？"自小喜欢捣蛋，走一路都会有一路的调戏。"蒋司令，莫再带我屋里雷伢去爬树哈。"

就因为头大、鹰钩鼻且天门拔得高，自小就有"老蒋"的江湖浊号。名号够响，才有江湖。于是乎我就成了菊花洲不大不小的孩子王，身边经常带了一溜的跟屁虫。

菊花洲就是我的江湖。

初春时节，菊花洲的田垄水沟躲藏着一群群的鲫鱼和泥鳅。头天夜里落雨，鸡叫几遍天全放亮了，不需要吹号，小伙伴们自动会来集合，拿罗鸡（抓鱼的工具）、拎小桶。这时的鲫鱼喜欢上水，每逢清晨就会在水盈丰满的田沟水口往上溯、向上跳。这不是送菜吗,那时总想不通鲫鱼咋那么笨。

盛夏好吃的东西有点多。房前屋后的桃子李子不消说,水塘边的野桑树上每天熟一批桑葚,就有足够的理由每日去扫荡一番。

沙渚里,二伯父家的西瓜熟了,那基本就是撑破肚皮的节奏。捧着西瓜,边啃边任瓜汁横流,还不忘用草秆拨弄几只拔了后长腿的"跳螂麦"打架,那才真叫好时光呀。

菊花洲的故事蛮多的。

正如村里有个白马庙,村名就叫白马村一样。菊花洲虽只是一个生产队的地名,其名字的起源还是蛮久远的。

"五几年大炼钢铁,把菊花洲上几人抱不拢的大樟树、大松树全给炼没了。早些,菊花洲遍地大树,树下不长别的,一到秋天全是丛丛片片,黄灿灿的野菊花。""不信?你去看你二伯家的八仙桌,那桌面就是一整块樟树做的。"

每当三伏天,燥热难耐,夏虫纷扰,农村夏夜里那月光灿烂,照映着老屋、水井、老杨树倒影蒙蒙的时刻,就是我们听古的欢乐时光到了。

那时,村里的老人们特会讲古。一把大蒲扇,一人一个鸭婆凳,一群小伙伴围坐在竹床边。听大人们忆古思怀,不仅讲村里的岁月变迁,而且讲那些口口相传的陈年古事、天外飞仙。什么杨家将杨六郎大破一字长蛇阵,哪吒闹海、剥龙皮、抽龙筋,茅山道士念咒语、吹口仙气把黑白无常给定住了……

经常听得迷迷糊糊,不晓得什么时候被抱回家,沉沉地睡着了。

二

站在菊花洲村头的小山包上往南望。

透过种满农作物,平整而又郁郁葱葱的大沙渚,远处是高大的沙堤,就可见到一大片白沙滩。沙堤两侧,水草丰美,水沽、草地、沙滩,还有一群群在水边嬉戏的白鹭及多种不知名的水鸟。

这条清澈而又宽阔的家乡大河，名叫隽水。自江西修水、湖南临湘而来的两条支流经至菊花洲附近的铁柱港，汇成大河，一路逶迤北下，过崇阳、穿赤壁，融入长江，浩浩荡荡奔流向海……

在河那边，在井井有条的茶山下，一排排高大的白杨树像哨兵，紧紧守护着沿河穿行的106国道。

无数个夏夜，头顶繁星闪烁，萤火虫四处游荡，伴着丝丝飘舞的垂柳，村里的老人坐在吱吱呀呀的竹椅上，讲述河畔古道的前世今生……

这里曾是万里古道的起始所在，川盐、赣瓷、鄂茶、湘药在这里南来北往，向南是岳阳、萍乡、长沙，往北是杨楼洞、蒲圻（今赤壁）、武昌。老家的青砖茶，一路向北，直销接连欧亚大陆的俄罗斯，走入那里的豪门贵族或寻常人家。据说，二百多年前，俄罗斯出版的中国地图上，没有标注很多的城市，但位于万里茶道上的中转站——湖北武汉和附近的产销地羊楼洞肯定是有标注的。

夜深人静时分，闭上双眼，任山风徐来，双手张开置于耳后，或许还可以听到山那边传来阵阵的骡马铃铛声，一串长长的骡马队伍从历史的深处而来，吆喝着号子，穿行在山涧、河边……

这是一片古老的土地。典型的丘陵地貌，纵横千里的幕阜山脉自此入湘北、赣西。沿河上溯十余里，有一座被李时珍命名为药姑山的"天然药库"。山中有个石门洞，居然是瑶族的千年古寨"千家峒"。

可惜，年少时不知往事如烟，近在咫尺却从未探访过。我的天地就是菊花洲，这里一直是我儿时的天然乐园。

农闲时节，放牛重任加身，这可是个技术活。如果谁到沙渚草地上去放牛，边牵边放牛，肯定是只傻鸟。

每逢放牛，总是偷偷带上我的放牛神器——大麻绳，至少30米。一头与牛绳相接，一头绑在木棍上，用石头把木棍深深地砸入草地。一人一牛，一牛圈一块草坪，反正草坪边处处有小水塘，牛吃饱了在水塘里打滚嬉水，极是舒坦。把牛搞定，剩下来的全是欢乐。烧地瓜、抓鱼、斗角、抓土匪、挖跨角洞……

各种游戏层出不穷，只有没学会的，没有会玩厌的。

当然，偶尔没把牛拴紧，或者绳子过长导致两牛相斗，牛跑了，就会吃了哪家的庄稼。发现了，会被一顿好收拾；没发现，第二天清晨，从屋背岭上就会传来一阵阵悠扬的旋律，菜刀声声，剁在菜板上，叫骂声从薄雾中时断时续，萦绕在小山村上空，延绵不绝，直捣梦乡……

"唉哟，昨日哪个杀千刀的，放牛吃了我好十几棵……"

好在，我是从未犯过这种错误。

三

"咦，水沟那边好像有动静。伟伢，你来捏着罗鸡（捕鱼工具），我去赶鱼。"

菊花洲的农田与沙渚间有一条小河。"噗"的一下，原本清澈见底的小河，茂盛的岸边水草低垂处突起水花四溅，有大鱼！"伟伢，堵在那里千万别动。"可惜，这小子抓鱼心切，捏着罗鸡在河边乱戳，大鱼一下子不见了踪迹。

一跺脚，被子滑落，原来又是梦醒时分。儿时菊花洲的清晨，要不是在梦中惊醒，就是被屋外的鸟鸣牛叫声唤醒。

出门四顾，透过门前垂柳，可以看到远处的炊烟袅袅，鼻中闻到的都是清新泥土混合着红花草的气息。早起的农人已挥舞着手中的牛鞭，吆喝着老牛："哟，哟哟……"在水田里奋力耕田的老牛边走边想吃田里的红花草，连续伸头未吃着，就会要脾气似的"哞，哞，哞哞……"，抗议还蛮强烈的。

"快吃早饭，饭热在锅里，上学莫迟到了。"清晨老妈一边收拾着猪草，一边喜欢教训我几下："昨日，又把衣服扯掉了几颗扣子，是不是又去打仗了？"

每逢这个时刻，我肯定是三五口扒完早饭，嘴巴堵着一大口饭，顾不上喝水，抓起书包就往学校跑，边跑边擦嘴边的饭渣渣。

我的小学在黄土岭上，距离菊花洲不过四五里。穿过村头的小竹林，爬上高脚塘的土坡，就可以看到郁郁葱葱的黄土岭。顺着塘边的山路七拐八绕地穿过大片农田，再小心翼翼地走过一口大鱼塘，爬上黄土岭即到与大队部连在一起的小学校。

"姐姐的胆子真大，竟敢从高高的天上跳下来……"这是现在我唯一记得的一句课文，也不晓得是小学几年级的课本。一直有深刻记忆的是课间休息时或放学时操场上的情形。每逢下课，老师一走出教室，后面绝对是万马奔腾，一时间桌椅挪动、脚步纷沓、大声相约。而我坐在前头，占尽天时地利之宜，经常第一个跑出去抢占乒乓球水泥台。要是被高年级的抢到，又只能干瞪眼。

学校那张乒乓球台也不晓得什么时候做的，四角破败不说，连当作球网的砖石也是参差不齐。好在只要抢到，肯定是津津乐道的大好事。球拍不行？自己用木头剁一个，要是球破了就坏大事了，想找老师要个球，比登天还难。

可不，由于老爹在学校当老师，这找老师要乒乓球的重任经常落在我身上。我也乐此不疲，球拿到，一定可以让我先上场打三个。要是水平超常发挥，还可以当连庄、做几把"皇帝"，直到上课铃声响起或被人赶下来为止。

四

季节不同，菊花洲的气息也不同。

春天的菊花洲，满满的是红花草汁及新鲜泥土的气味。一想到春耕时节，老牛、耕犁、红花草、田垄、戴草笠的农夫……脑中立即跃出这番景致，且还是一幅黑白画面。彩色画面也有，全是一片黄灿灿的油菜花。

菊花洲的油菜全种在沙渚上。每逢周末与伙伴们去挖猪草，喜欢在油菜地里玩捉迷藏。人在地垄中穿行，油菜地里东躲西藏，露水湿了衣衫，沾上最不易洗掉的花粉。回家不需交待，衣服上点点金黄早就出卖了行踪，总离不开好一顿收拾。

夏天的气味倒是蛮简单，烈日下大河、小港、水塘中那混合着被晒得萎萎的草汁、树叶味道的水汽味。水边的孩子，不戏水不夏天。潜水挖藕、捡野菱角、赶鱼抓虾……节目多多，收获多多。除了快乐，还有一个个黝黑黑的炭头小子。

第一辑 散文

秋天全是丰收的气息。除了门前屋后的南瓜、冬瓜、红薯、花生等我喜欢的农作物飘散出来的味道，还有那似乎处处浓郁的晚稻稻谷、稻草的气味。想想都醉了，这气味的含义简直就是折磨。割禾、打谷、捆草、担谷、挑草、晒谷……就如紧致的工业化生产般，一件件农活紧锣密鼓，累得让人透不过气来。

年纪小时有一重要分工，就是晒谷。就怕遇到太阳雨、田埂雨。太阳雨烦在防不胜防，田埂雨讨厌在猜不透。隔壁落雨，以为会过来，扫谷、收谷、担谷、卷竹帘，一顿好忙却下不过来；以为下不过来，却偏偏下过来。基本上从没估准过。

冬天是农闲，最想闻的就是灶台上烤得滴油的腊肉香。外面下雪，屋内烤火，如果炭火边用瓦罐煨上几坨腊肉，那绝对是最为惬意的幸事。腊肉的香味随热气四溢，装满屋子，飘出窗外。路过的人，好似都会不由自主地吞一下口水，还会撒气般自言自语："这又不过年不过节……"

好久，都不曾闻到过那迷人的腊肉香了。

花城的街花记忆

雷 凡

广州美称"花城",当之无愧,实至名归。

从年头到年尾,视线中的街头巷尾好似一直有花朵盛开,此起彼落,你来我往,绿叶葱葱,花色缤纷。哪怕是寒冬腊月,街头同样不曾失去绿叶花朵的踪迹。

记得十几年前,刚到新单位报到就赶上集团的总结会。第一次参加这种沿海大企业高规格的总结活动,看到什么都是新鲜。刚刚走进会场所在的陵园西路,从路口这头望到那头,一排排高大挺拔的木棉树,光秃秃的枝头上全挂满了大朵大朵的木棉花,红通通、鲜灿灿,把一个刚走出山乡的大孩子给惊到暴起。

陵园西路的木棉之艳,从那时起就完全被她所折服。可以想象,一个从没见过木棉花的鄂东南山民,居然一次看到百十棵木棉树站成队列,屹立在街道两边毫无顾忌、烈焰红花、大朵怒放,震撼!完全就是排山倒海似的惊诧与喜悦。

再后来,也是一个偶然的邂逅。开春之际,自南往北,下人民高架突遇一排排盛开的紫荆花。从高架下路口的那一瞬间,盘虬的枝杈,粉粉片片的花朵,花开盛艳,虽轰轰烈烈,却如同少女初妆般粉嫩无邪。

多少次想在那个角度,拍一张紫荆仙景,可惜至今也再无此"艳遇"。不是开车不方便,就是花期已过,有时仅剩满地落红。美好总在记忆中,那路口的紫荆花期始终那么短暂,明明昨日还挂满枝头,一场夜雨过后,第二天特意再去,极可能看到一副被风雨侵袭后的残破场景，枝头仅存点点花瓣，地上的落花可能都被打扫得干干净净。

还有一街道印象蛮深，不过不是花，而是挂满了果。在居住多年的广园新村，有一条名叫云龙路的街，街道两旁栽种的全是杧果树。杧果树不高大，五六米，每到七八月间，只要留意头顶的杧果树，总能在茂密的树叶中发现一个个或青或黄的杧果。

想看丛丛杧果，可要趁早，这东西比不得街头的花花草草无人采摘，一不留神就可能就被街坊们收拾妥当，吃货的世界里肯定没有景观杧这一说。

从花扯到果，不是跑偏了吧。这怪不得人，谁叫满街的杧果树，让人只记住了果实累累的样子，杧果花长得如何，真是没留意。

是吃货，必有追求

雷 凡

每逢周末，我就喜欢逛菜市场，总想寻找点更加地道的食材。荤素均可，重在品质。想找点地道的农家食材可真不容易。但凡是号称农家特产的，不尝不试不知真伪。一朝验证，必定成为我的食材的重点供应基地之一。

这年头像我这样的吃货遍地，号称食神者有之，自称美食家有之，懂吃会吃者众多，就其择食品味及氛围而言，大概可将其分成五境，谨供友人娱乐。

其一，随遇境。此种吃货数量极多，走到哪里吃到哪里，可处雅室擦嘴，可居街边就食，可排队百米相候，更可遍尝各色美食，无可挑剔，绝对吃货之楷模。

其二，择食境。此类吃货深藏不露，繁忙之时诸食均可填肚，一朝兴至，必选名店名品。非舌尖之美不食，非老店、网红名菜不选。

其三，氛围境。此类吃货极其讲究，无排档吃食之好，无人声鼎沸之所，谈笑皆考究，往来无白丁，重环境亦不轻色香味。非庙堂之上，即为腰包鼓胀之士。

其四，健康境。此类吃货绝对我辈之典范，有好吃之名，以健康为重，多有素食养生之喜。每遇此种吃货，敬仰之余，扪心自叹，无江海鱼虾之美味、无飞禽走兽之佳肴，长命百岁何其无味哉。

其五，自力境。此种吃货数量不多，有适宜之所，必种瓜栽菜，有地道食材，必自己动手。可千里寄菜，可全城搜寻，不辞厨事之劳，不怕油烟闷热，会吃懂做且能做出美味。

吃货五境，可单一，可复合，更甚者全能，好在绝无高下之分。

吃货的世界真是高深莫测……

那些年,那些事

雷 凡

一

前几天,差不多八年未见的大学同桌老钱出差途经广州。记得十几年前,来广州面试时,就是老钱把我送到火车站。

老友不常见,常见不老友。老同学见面,总得喝上几杯。没想到曾经酒量旗鼓相当的老钱风采依旧,几乎是手下留情,方能体面而聊。

听老钱讲起一位位同学的发展,讲起曾经的偶像——教授大学语文的艾老师。一个个熟悉而又显陌生的名字,一段段沉寂已久的记忆,顿时涌上心头,一种莫名的愧疚油然而生。

离开故土久矣。以前每日看似忙忙碌碌,生活工作在这水泥丛林,却从未专程参加过一次同学聚会。曾经的师长学友,曾经恰同学少年,点点滴滴的过往,为何突然从自己的生活中消失了……

聊兴正浓间,老钱讲起几年前一位英年早逝的女同学。同学们全去为她送行,大家相拥哭泣,牵手相送,独独却缺了我。那时我在忙什么?真的是为了事业,为了理想,可以忘记所有一切吗?

多少次友人来访,却因故未能相聊。多少次同学面临劫难,总是在愧疚中未相伴安慰。是麻木不仁，还是忠义不两全？

真没想到，不年轻了，一旦轻闲下来，愧疚却越来越多。

二

不知什么时候，才发现这么多年混迹于岭南，可阳台上种养过的花草却从未茂盛过，别说开什么花了。

住在凤凰城时，种了一棵深获老广喜欢的发财树，两年后居然只剩下一根留有三片树叶的小枝杈。种了一棵五年龄的月季，年年那么纤细，枝条还是旧时的样子，从未长成想象中枝繁叶茂的盛景，一度怀疑是不是买了棵公月季。

去年年底搬到新住所，相距岭南花卉市场一站之遥。恰逢春节，广州有购置年花的习俗，索性就搬来一大堆花店店主特别推荐的好种养类的花草。

两棵盛开着的矮化桃树，原盆生长，树干直径至少有5厘米，高却不过40厘米，朵朵鲜艳的桃花迎风摇曳，嫩绿的树叶处处充满生机。可惜，清明时节居然相继魂归仙路，唯有枯树下的小草青青。

倒是入户花园的那棵绿萝，本来已经黄叶飘落，后来问询了办公室照顾花草的阿姨，买了些肥料，少浇了点水，居然又活了下来。一时信心满满，又买了棵8年龄的鞭炮花，除了栽进去半个月后一副四处攀爬、生机盎然的模样，剩下的全都是枯藤萎叶的记忆，唯独根部还长有几片叶子，再次证明了生命尚存、生长不易的艰辛。

以前一直未分析过缘由，在这轻闲的日子里，倒是有了收获。养花草可是要有些底蕴，不是随意施了肥、浇了水就可以等来绿满阳台、花儿迎风招展的时刻。

每逢看到同事朋友们晒自家阳台美景的照片，无比羡慕。但凡如此，每张照片都会细细地看，不懂得种养，欣赏倒是蛮有心得似的。

种花如养性。经历多了，总归知晓些失败所在。

明年春暖，再种种花吧。

坚信梦想的力量

雷 凡

南下打工，恍如一梦。

十二年转眼即逝，打工继续，梦想仍存。杨绛先生说，"冀希之事，迟早必达，但达成之味已变"。

值新岁来临，回首往事，淡如轻烟。诸事藏心久矣，蓦然忆起，有埋头苦干之时，有率真直白之急，有任性挥霍之处，更有众人善意爱护之举。个中五味杂陈，幸遇皆君子，确信多好人。

那年辞职下海趟江湖，只身南下，面试于地铁院，恰似鱼虾跃龙门，尝有良机身处改革开放最前沿，更有相伴学霸匠心之幸。有此机缘，恰似脱胎换骨，虽担平凡之责，却不失于阳光大道。

盖因性格使然，后入监理之列。其时事业初创，一穷二白，筚路蓝缕，看似边缘之地，却为创业沃土。时为国内地铁发展之先，又有十年沉淀精华之士，虽家小业小，仍有创业之基。人行必有我师，青春团队战力无限，将帅冲锋在前，士卒均尽全力。

对内调架构，健制度，强授权，降成本，抓质量，促创新；对外稳羊城，固金陵，入长安，战江浙，赢在湘江，再力战于鹏城……十年血战，终成国之行业百强。

第一辑 散文

俗称时势造英雄，监理人才辈出，业绩遍神州，横刀立马于大江南北，盘弓利矛踞于岭南内外。吾有幸参与其中，受益匪浅。

新岁即至，回忆往事，得大于失，唯有拼搏继续，奋力前行，方可不缺阵于这讲求机遇的大时代。

坚信梦想的力量，坚信坚持的力量。总有一日，可遇见更好的自己。

作者简介：雷凡，1976年出生，湖北崇阳人，企业高级人力资源管理师。从事企业人力资源、信息化建设、成本控制、行政后勤、纪检监察及党政工团方面的工作。十几年如一日，关注企业细微杂事。喜欢繁忙中思考、闲暇时著笔，抗打击能力强，擅长选择性遗忘。乐观开朗，两湖人性格。

老 泉

杜亚楠

老泉，静静地坐落在秦巴故土的山麓脚下，终年"汩汩"涌动，永不停息。老泉历经沧桑，依旧初衷不改，用甘甜的水滋润着故土的乡亲。

故乡汉中是一个有历史底蕴的城市，受秦巴山脉环抱，物饶丰富，有着"西北小江南"的美誉。想当年刘邦被封为王以后，在汉中招贤纳士、筑坛拜将、广招士卒，加紧操练，继而用韩信计，明修栈道、暗度陈仓，出兵散关，灭三秦，平群雄，完成统一大业。为此，刘邦就把汉中作为建立西汉王朝的发祥地。

祖祖辈辈在此繁衍生息，这孔老泉见证着故乡的历史变迁和一种记忆。

没人说得清这孔泉眼的年龄和来历，千百年来，她犹如母亲一般，默默地哺育着她的孩子们。

老泉地势颇高，听老人们讲，大概在中华人民共和国成立后，村里的人顺势修建了水仓，将泉水聚起来然后将水管延伸到村落的主要干道路口上，这大概就是"自来水"原始雏形。

那时候的清晨，总是在担水人的扁担与水桶摩擦的咯吱声中醒来，这种平淡中透着祥和与安宁，延续了几十年。少年时期的我，父母枉顾四周乡邻"读书无用论"的说辞，顶住四周异样的眼光执意让我上学，总是不让我过多操持家务，偶尔的几次挑水经历，更是难忘。年少轻狂的我挑着两桶水，走在凹凸不平的路上，肩膀硌得生疼，只想快步到达终点，一路跟跟跄跄，两只水桶好似故意跟我作对一样地荡来荡去，走一路洒一路，好不容易到家，两桶水各剩下了半桶。那时我总是好奇为啥父母挑那么重的东西肩膀不嫌硌得疼，后来才发现母亲的肩上早已磨起两块隆起的、像肉垫一样的茧子，禁不住潸然泪下。

母亲告诉我，担水和做人一样，不能一味地贪快，要一步一个脚印地走。实践过几次，我挑水的技术竟日渐娴熟，虽然在母亲眼里我挑着担子的时候腰弓得像只大虾一样，但也有模有样了，偶尔水桶里的水还能随着我的步伐有节奏地荡起波纹。然而，这种记忆是短暂的，当我真正想为父母分担一些重担的时候，我已外出求学，离开了家乡。

谁想，这一别，迄今竟然过去十多年了。

期间偶尔的几次回乡，都是短暂的停留。每每在我归家的日子，母亲总是早早站在村口桥头翘首期盼。记忆里有一年冬天特别冷，当天母亲戴着一顶帽子，穿着厚重的衣服，蜡黄的脸上病容映现，身患气管炎的她每一口呼吸都显得那么吃力，她就是那么倔强地站在寒风中强撑着身体等待着我的归来，那一幕深深地刻在我的心中，难以忘怀。

母亲老了，脸上的皱纹更深了，岁月的磨砺让她看起来更加的沧桑，每每搂着母亲的肩头，我总想好好地抚摸一下她肩头那两块被生活的重担磨砺出的老茧。年轻时母亲也是一个极爱美的人，现在却不喜欢面对镜头，我明白她害怕看到自己苍老的样子，更不想留下不美好的影像。

如今，故乡越来越模糊，家乡的年轻人也越来越少。正如大多数的三四线城市一样，一茬茬儿的年轻人求学、工作在外，把家安在五湖四海，故乡渐渐地只存在儿时的记忆里。父母也早已随我移居南国，但是无论怎样，我心心念念着、牵挂着的还是老泉的消息。

母亲老了，听说那口哺育了几代人的老泉也老了。

那些年每逢下雨，山坡上滑下来的泥水总是掩盖住泉口，乡亲们总会自发地组织用铁锹去淘泉，这种景象也一去不复返。当家里通上了真正的自来水，老泉逐渐被遗忘在角落里。每次我看到老泉和自来水并排放置的两个水龙头，我总是拧开开关，看着泉水细线一样地流下来，就如和老朋友聊天一样，在默默地诉说着什么。随着年久失修，听说老泉的水也越来越少了，泉水也时断时续。

　　无论走到哪里，故乡那孔老泉的甘甜，依然铭记于心，那种挑水的"吱吱"声和甘甜的老泉水已成为遥远的记忆。欣喜的是，前两年，母亲告诉我老家院落角突然冒出一眼汩汩的泉眼，我想或许这就是老泉的一脉相承。

第一辑 散文

母 亲

杜亚楠

  母亲常说老天爷给了她一腔男人的胸怀，却给了她一副女人的身体。

  年轻的时候，母亲在当地税务所工作，在那个激情燃烧的岁月，平淡的税收工作却充满了激情。父亲六年海军军旅生涯结束后却恰逢国家"从哪里来到哪里去"复员政策，命运就像开玩笑一样，无法预想。如果没有我，或许平静的生活会一直这样波澜不惊。

  八十年代，西北封建保守的农村，家中若无男丁意味着备受周遭的冷嘲热讽。有一次，父亲外出做事，一贯善良、忍事的母亲面对隔壁村妇的故意挑衅和言语欺凌，终于忍无可忍，大打出手。在那个年代，思想保守落后的农村，没有人同情软弱和眼泪，用拳头解决事情往往是最直接的，这顿拳头教训让对方受了皮肉之苦也换来了短暂的和平和宁静。

  不确定这件事是否影响着此后母亲的人生选择，也造就了整个家庭中一段难忘的经历。母亲怀我时已36岁，面对计生政策的不允许，生性要强的母亲执意历经万难也要保住孩子。

  在普遍实行一胎政策的当年，治理超生在落后的西北小县城成为政府唯一能拿得出手的"业绩"。乡镇的计生干部上门让母亲引产，母亲挺着大肚子在前往医院的路上却借故钻进奶奶昏暗的老屋，靠着坐在门后的草蒲团上悄然在几名计生干部眼皮底下"溜掉"。以至于未来几十年的每一个春节,亲朋聚会上这个神奇的不可思议的桥段都成为大家茶余饭后的谈资。

光华山冬天的寒风无比地凌厉,一道道盘山公路蜿蜒曲折,偶尔几辆运输木材的敞篷卡车碾着冰辙喘着粗气呼啸而过,冰天雪地的寒冬里,只有发动机在寂静的山林中呜咽。

身怀六甲的母亲已孤身一人东躲西藏大半个月了,一个黑提包、一把剪刀、一包棉花、一团纱布,对于孩子,母亲做了最坏的打算。

舅舅费尽周折托付远方山区的朋友收留了母亲。山区寒冷,颠沛流离,交通非常不便。此去必经之路有一条长长的铁索桥,桥下是几十米深的山涧,哗啦啦的河水撞击着冰冷坚硬的岩石咆哮着,铁索上耷拉着几块稀拉拉的木板,木板上还裹满了冰碴。母亲一手提着东西,一手紧紧握着铁索一边,闭着眼睛颤颤巍巍地往前迈,眼泪往心里流……

呱呱坠地,意味着新生。

那个叫闸口石的地方,从此就成了父母心中的乌托邦,也是一处不是家乡更似家乡的地方。

历史上闸口石是西汉重臣张良的封侯之地。名刹汉留侯祠便掩映在柏紫松青的紫柏山中峰,诸葛亮屯兵垦田、六出祁山、姜维大战司马懿等事件,就发生在这一带。现在闸口石周围还不少如"营盘""拜将台""红水河""司马寨""铁笼山"等与三国历史有关的地名。

腊月已至,闸口石山涧的小河都已结了厚厚的一层冰。虽然已经过了三十多年,但是山区的生活艰苦情景很难想象,物资供应十分短缺,贫瘠的山坡地一年到头产不了多少苞米粒。常年高海拔的低温天气使稻谷小麦这种作物无法种植,米面这种细粮唯有天气好的时候靠运木材的卡车司机几天一次地从山下捎带回来,若遇上寒冻天气,只能靠山吃山了。

闸口石的清晨,父亲凿开小河的冰层盥洗尿布,双手早已冻得麻木,母亲现在经常手脚麻木就是那时候冰天雪地里坐敞篷卡车造下的病根子……许多年后,母亲回忆着往昔，不无感叹。

　　冬日的严寒终究挡不住春天的气息。此后的一个月，一缕春风吹来西北五省——放开二胎的消息传来，在外颠沛流离有家不能回的日子终于到头了。

　　母亲是个极重感情的人，逢年过节总是念叨着要再去一趟闸口石。前些年，为了了却心愿，父母趁着腿脚还利索再次专程前往闸口石看望了曾经帮助过我们的亲人。时光改变了一切，却改变不了那份陈年的深情。

　　母爱是一团巨大的火焰。善良、勇敢，内心热情似火的母亲，用柔弱的肩膀诠释了这份永不衰竭的爱。那个人陪伴着我们慢慢长大，自己却逐渐老去；那个人把所有都给了我却不求回报，时至今日，终于明白这份母爱的沉重和伟大。

　　正如米兰·昆德拉说："在我们称之为生命的不可回避的溃败面前，我们唯一能做的就是理解它。"因为理解，所以慈悲。正如曾经年少轻狂的我们，人到中年，再次读到朱自清的《背影》一样会泪流满面。

作者简介：杜亚楠，而立之年，十年如一日从事宣传公关等工作，历经多岗位历练。在纷繁复杂的工作中勤于思考，思维活跃，对工作和生活永葆一份初心和激情。

广州的天与绿

雷正辉

东南沿海的台风,特别是福建七八月的台风,每年都很准时。2002年的夏天,我在福建一处工地做技术员,项目部所在的村子坐落在一个山洼里,三面大山成脉,一面平原农田,台风来的时候,雷电交加。中午时分,路上需上灯,山前山后,黑压压的乌云,劈下来的闪电群,好似劈在地上,目光所及之处就像电影《指环王》中的中土世界。

广州这个地理位置来台风,有时候靠运气。每年天一热,就有人议论"今年台风中心会不会移来?多下场雨多好",今年还没有人说,但市区短时间的"极端天气"频率高了,台风引起的却还没有。这上半年刚结束,雨水也多,还算凉爽。

广州从化以南,热带雨林气候,非常适宜生命的生长,有"插筷成树"之说,未曾验证。我每天下班地铁公交之后,要穿行一个小区的路,路两边是高大的榕树,那种广州随处可见的榕树。这个小区大约有15年楼龄,前年因为树冠太大,影响往来的车辆和路边的灯,被物业锯掉过。就算是这样,经过两年的生长,现在又初具规模了。即使是冬天,那条街都不曾变"脸色",久而久之留在记忆中挥之不去,有两次到武汉和南京,看到不同城市的姿色,总是想起那个小区,那张广州的脸。

广州的绿化搞得好,我听到不止一个人这么说过,说这话的人大多像我一样,从北方来。在 20 世纪 90 年代中期，电视报道山西的绿化率是 1%，绿化率最高的城市是侯马市。10 年后，那个侯马市的市长调到太原做市长，一上任便整治了太原最宽的迎泽大街。同样是因为绿化景观做得好，一直被我父母津津乐道。父母来广州，对车多人多不太适应，倒是对白云山和越秀山上的树林颇为喜欢，对广州的绿化评价很高。从绿化条件比较，广州和太原，两个城市都不在一个重量级上。我印象中北京的绿化做得不错，但也没有广州得天独厚的自然条件。在北京，如果不照料好那些植被，自然存活率估计较低，即使是这样，几十年的老树依旧能成为北京绿化的主力。可见北京保护绿化力度和方法都算是成功的。

广州没有这座城市之前是什么样子的？如果保护好现在的树木，20 年后广州会不会是森林中的城市呢！这也算是一种回归，自然的回归。那时，巨大的树木冠盖如云，覆盖城市的"脚踝"，高层建筑像插在绿地上的积木；当绿色的藤生植物爬满环城的立柱，当路边植物的触须疯长伸向道路，试探着穿梭不息的车流，那时行走在广州的大道上，畅快与惬意自会非同一般吧！

执着追求，不执念于回响

雷正辉

玄奘：那颗星眨眼不见，可称作为刹那吗？
印师：凡是眼睛能看见的，都比一刹那慢。
玄奘：那该如何度量呢？
印师：如同摆动一个物件，
摆一次可分成七十五份，
每一份就是一刹那。

这是电影《大唐玄奘》里一段玄奘和印度法师云游古印度，夜宿森林的对话。前几日我看过《大唐玄奘》之后，被这部执着信仰的人物传记影片打动，方知"念念"来自佛教梵语，意为极短的时间，一刹那，以及连续不断的意念。

玄奘用"金刚不可夺其志"诠释了执着，也阐述了许多做人做事的道理。玄奘一路论经，讲述人生烦恼、生老病死，以感化众人。这部电影与我们已习惯的《大话西游》一样诚恳，只不过《大话西游》除了讲一个男人的成长与蜕变，还讲了一个女人的爱恋与生死。

玄奘西出长安，遇凉州总督，总督发"关口通缉令"威吓，讲明重重困难。玄奘回答"贫僧既已西来，即便死于途中绝不后悔"。

第一辑 散文

玄奘继续往西，后遇瓜州太守，太守守着瓜州的短暂繁华，觉得"醉生梦死却无路报效朝廷"，但玄奘的执念打动了他，太守撕毁"玄奘通缉令"放他西去。

玄奘再往西，与守烽燧的唐朝大将相遇。大将问："一个持戒之人，西去有万难艰险，为何装作自在的样子。"玄奘答："更自在，（可为世人）解脱烦恼。"大将说："每日对着沙漠，烦恼至极，盼着每晚尽早入梦，梦里回到长安，穿着华丽服装，行走街市。"玄奘答："你看烽燧外大漠烦恼，我却将其看成大漠穿行的救命之地，梦中去西天取经，或者在取经的路上，梦也是世界。"

唐朝边塞的守将们相继被玄奘的决心打动，网开一面放行玄奘；西域城邦的领主、突厥部落的可汗、印度佛国的国王，尽管他们坐拥权利与财富，但面对玄奘，一个诚心诚意的取经者，一方面被他虔诚的信仰打动，更多的则是为他强大的人格魅力所折服……

别人好意的劝阻、极端恶劣的自然环境、高昌王盛情的挽留、佛国理想的氛围，这些或美轮美奂或艰苦卓绝的情况，都没有阻挡玄奘的初心。玄奘终其一生，翻译百部梵文佛经，为中国佛教史上留下了宝贵的遗产。同样，玄奘个人无畏、坚持的精神，不也是非常值得宣扬的吗？

众生或许以为，看不到结果，追求不可能的事，于是不去坚持。但你去努力，机会来了才抓得住，没机会也不遗憾。在玄奘法师参加"无遮大会"的盛况时，这种感觉尤为强烈。历史记载大乘的兴起也正是在唐朝年间，"无遮大会"重点讲解了"大乘""小乘"的区别，在当时也是学术前沿，玄奘立论"只顾自觉是小乘，能起觉他谓大乘"一辩成名，绝非偶然，是他在天竺学习了五年，游学五年，并记录研习的结果。即使玄奘是作为佛教代表成名，但他取得如此成就还是因多年的积累和学习。

聪慧自信有念想的人会认同：实现理想，必须有无畏、抗挫折以及执着的精神！既是无奈，也是机缘，更是心愿！甘愿执着去做，却不执念于回响！一样拥有美好人生历程！

青色山河

刹那,源自梵语
意译,念顷
也就是一个信念启动的时间长度
世俗中常说的念念不忘
这个念念同样来自佛教
其中的含义
妙不可言

第一辑 散文

天青色的盌
——读木心的《童年随之而去》

雷正辉

"姗姗来迟,毕竟还是来了!"

这是陈丹青介绍导师木心的开篇之句。

木心,1927年生于浙江桐乡。本名孙璞,字仰中,号牧心,笔名木心,曾旅居纽约;2011年在桐乡去世。在我国台湾和纽约华人圈中,木心被视为深解中国传统文化的精英和传奇人物,曾出版多部著作。我买来的木心第一部简体中文版作品《哥伦比亚的倒影》,内中选编《九月初九》《童年随之而去》《上海赋》等散文13篇。这13篇全部刊印在1986年5月9日纽约《中报》副刊《东西风》上。昨晚,我读了《童年随之而去》,折服于心!节选其中一段细读:

"一阵摇晃,渐闻橹声欸乃,碧波像大匹软缎,荡漾舒展,船头的水声,船艄摇橹者的断续语声,显得异样的宁适。我不愿进舱去,独自靠前舷而坐。夜间是下过大雨,还听到雷声。两岸山色苍翠,水里的倒影鲜活闪裹,迎面的风又暖又凉,母亲为什么不来。"——摘自木心《童年随之而去》

青色山河

"欸（ǎi）乃"发音三声，象声词。指开船的摇橹声。木心是浙江人，浙江丘陵与河湖众多，坐船出行是常用工具。我以前生活在北方，几乎没有坐过划桨的船，现在公园里都已变成脚踏。欸乃这词所以生疏，百度一下，发现这词还是个容易触发感情的词，早有名家巧用。①

木心将碧波比作软缎，优美至极，也许是没见过这样的比喻，偶尔看到湖水、江水、海水的形容，一般以比作智慧、清新、流畅、壮阔之境。木心将之比作生活中的优雅之物，仿佛可触碰到那丝滑之感，就像他形容文学如画，如女子裸体的美，是艺术之真。倘若非要穿上衣服，也可以，那将是仪式的庄重，却不知内里装的是否还有温润和绮丽呢。

情境的展开，木心用了"欸乃"之声。也用其他声音的反衬表述所处的环境。比如，"船头的水声，船艄摇橹者的断续语声"，水声和断续语声本身已细密，却可听见。映出周围的宁静，但不是没有，是使人舒适的声音。

木心文章情境的展开，更用画面婉叙。山色的苍翠，用昨夜的雷声烘托雨之大，使人联想到雨后的翠绿的山色。木心童年所得《历代名窑释》中这句"雨过天青云破处，者般颜色做将来"，时常念念。《释》中这词为宋徽宗御批，据说是徽宗梦到了雨过天青的颜色，他信道教，超脱飘逸，对素静高洁、不流于媚俗的天青，这份淡雅，自然甚为推崇。此后，天青色即为青花瓷钦定的颜色名，是烧瓷的最高境界。

木心先生提到宋徽宗御批之词，要的是他的童年，那只丢失的盌②。木心童年的盌，是天青色，临行睡前洗净用绵纸包好，放在枕边，睡觉的时候都可摸到，爱不释手。离开山寺的船头，舀水，抛洒，盌也飞了，最喜爱的盌丢了。就像我

---

① 柳宗元（唐）诗作《渔翁》："烟销日出不见人，欸乃一声山水绿。"；元结（唐）《欸乃曲》："谁能听欸乃，欸乃感人情。"；黄遵宪（清）《夜宿潮州城下》："橹声催欸乃，既有晓行船。"

② 盌（wǎn），表示"大口小腹的容器"，小的敞口碗。

们长大,许多珍视的东西也随之而去。

他的母亲,带他到山寺庵,辨别值得珍爱的物件,教他留存。后来,为了孩子忘在山庵里床头上的盌,不顾周围人闲语,迫一船人等待,安排脚夫三步并两步飞奔去取回。特别在木心抛丢那盌后,知道孩子心会伤痛,直面告诉他:"以后心爱之物离去,会是人生的常事。"短短数语,贯穿全文。一个伟大的母亲跃然纸上!

我认为,用雨后青色山河的主调,与天青色的汝窑之盌相辉映,表达他对最珍贵的东西、他的童年随之而去的怅惘,可为文章之心!这至境,实在是因为木心的童年、母亲、天青色的盌,才得以成就。木心把文章写到这般极致,难怪折服那么多人。

时钟的齿轮
——读东野圭吾《嫌疑人X的献身》

雷正辉

东野圭吾的《嫌疑人X的献身》总共十九章，无序言，无后记。展开就是故事，我用了半个月零碎的时间，夜跑后夜读，断断续续看完。虽然是谋杀碎尸的重口味故事，但小说不残忍、不惊悚，着重在推理方面下功夫。开始不太喜欢，铺垫较长，虽然日本人的小说都是这样的大定势，就是围绕一个人或者一件事反复推敲。

东野圭吾构思小说的能力，比村上春树稍弱了一点，看《挪威的森林》可做此判断。我说日本小说喜欢在推理方面下功夫，渡边淳一的《钝感力》也是这样，没有跳出此框。日本人写东西就像一个模子刻出来的，难有大的情趣，口味也重。日本的电影也是，罕有美国式的英雄以及思维开放的故事；甚至弱于欧洲小说表现出的温暖现实。这和日本的平民教育不无关系。

日本已故的大师级影星高仓健最喜欢的电影是好莱坞反战片《猎鹿人》，该剧是一部站在人类高度对越战和战争英雄进行深刻反思的电影，我想高先生也期盼日本有更多更大格局的电影吧。

日本小说情怀的表现形式，基本都是非正常态，东野这次构思《嫌疑人X的献身》的男女之爱，就是女的杀了人，男的想办法掩盖，也杀了一个人，来迷感警方。从第一章一整章的铺垫，我就明白，没有人是费了笔墨白给的，那桥下几个描述的无业游民有问题，估计要出人命。是的，东野先生没让我失望。东野先生取名字挺有意思，举个例子：那个汤川的同学，警察叫草薙，"薙"音同"剃"，意为割。东野取名也够狠，把刑警比作割草机。

日本喜欢罪案、不伦和重口味题材，应该不是空穴来风，想起一个在日本生活了二十年的英国作家，得出了"日本男人个个像侦探"，我深信，如果现在问你，你知道的日本电影或小说有哪些，《名侦探柯南》应该会排第一。

2016年的诺贝尔文学奖，村上春树的呼声很高，据说赌市赔率第一，其实村上先生年年受关注，连续几年提名了。结果出来，美国摇滚、民谣艺术家鲍勃·迪伦（Bob Dylan）荣获2016年诺贝尔文学奖。村上又陪跑，其实如果他得奖，他是日本顶尖作家，文学水平如此局限，整个日本国文学又能有何格局？

日本小说的可取之处，就是构思细腻。就像足球打法，喜欢短传配合，大的波澜没有，少有欧洲球队高传冲吊带来的连连兴奋。如果日本人不选罪案、不选非正常死亡的惊悚题材，一般人都会看睡着，正因为如此，男性读者可能更多。下面这句话是我认为是东野先生构思石神杀人的理论基础，想让读者找到共鸣，理解和同情石神吧！

"你我都不可能摆脱时钟的束缚，彼此都已沦为社会这个时钟的齿轮，一旦少了齿轮，时钟就会出乱子。纵然自己渴望率性而为，周遭也不容许，我们虽然得到了安定，但失去自由也是不争的事实。"

麦兜的歌声

雷正辉

"感情起初都是七彩斑斓的,但是在你的心里、肺里、肝里搞着搞着,搞着搞着,搞久了,人长大了,就会变得黑不溜秋的,可是发黑的感情,内里还可以是温软甜美的,只要我们还有音乐"——麦兜语出不凡。

儿子再过些天就要幼儿园毕业了,看到他那得意的神态,不由让我思绪飘飞,三十年前,在山西霍县的幼儿园,我是怎样傻乎乎地走进那里,又是怎样从那里得意毕业呢。幼儿园的事情不记得什么了,印象中,老师发过个圆形铁皮的糖盒子,我总把自己最喜欢的小物品放在那个糖盒子里,在家里藏来藏去。保存了好多年,后来搬家,再也找不到了。

人在风里,浮世如谜,我们每走一步都是未知的,时代如江河,人们都在时代的洪流中飘来飘去,问问我们自己:忐忑吗?三十多年前,我们知道今天身在何处吗?我们又是否知道明天在哪里?还好,不全是身不由己,还有希望和期待。但回过头来,我们还剩下什么能让我们时常感动并为之庆幸的呢?

这个世界是什么样的?是七彩的?晦暗的?娱乐轻松的?还是其他的?我们踏上人生之后一路在祈祷,一路在前行,儿时一起玩耍,现在都不知道失散到世上哪个角落的我们,会不会再团聚呢。正因为这样,麦兜说,当我们长大,当我们开心、伤心,当我们希望、失望,我们庆幸心里、肠里,总有首儿时我们一起唱的歌窜来窜去，撑着撑着，让硬邦邦的不致硬进心肠，让软弱不致倒塌不起。

那些关心和爱护我们一路成长至今的老师和小朋友小伙伴们，谢谢你们。我想告诉你们，在熙熙攘攘的人群中，在川流不息的车流旁，在霓虹灯闪烁的城市里，有我，在某一个角落，一直关注你，我在这个世界上，有和你们一样温暖的歌声，我会用心唱好每一首歌。

感谢上天！当年送我们进幼儿园的父母还健在。感谢父母！小时候你们的爱，是送给我最珍贵的礼物。也想告诉儿子，爸爸妈妈在你身边，陪你学好人生的五线谱，唱好自己的歌！

雷正辉，湖北公安人，建筑工，马拉松爱好者。市地铁青春文学社第一届社员。经营凤凰网实名博客10年，发表博客文章300余篇，点击过百万。曾获2009年市地铁"国庆60周年征文大赛特等奖"。

受挫的搭讪

王 艳

儿子果果马上就要上小学了,回想他六岁以前所说的话,时而"天马行空",令人无语;时而"词不达意",令人捧腹;时而"一语中的",令人惭愧;也有"一本正经",令人深思。小孩思维的简单奇妙,童言无忌,提醒我时常自我检讨,也更加关注他的成长。希望这些记录陪伴果果一起快乐长大,也给他的童年增多点记忆。

受挫的搭讪

某天晚饭后,在外面遛弯,果果欲与一坐在树下石凳上的阿姨搭讪。

果果:"看,好大的树!"

阿姨:……

果果:"看,好大的月亮!"

阿姨:……

果果:"看,好大的飞机!"

阿姨终于受不了了,抬头看了一眼,对着他"呵呵"一笑。

果果:"阿姨,我叫×××,我家住×××,你呢?我爸爸叫×××,我

妈妈叫×××，我今年2岁半，你呢？"（热情洋溢地把家底都兜出来了）

阿姨：……

然后阿姨就朝他笑了一笑，手里拿着电话像是要接的样子，走了。

果果悄悄地跟我说："妈妈，原来那个阿姨不会说话的！"

红色的秘密

果果刚对颜色有一些认知时，特别有自信。某天家里人边吃苹果边讨论红色。

妈妈对着手里的苹果说："这苹果好红，大红色的苹果。"

爸爸："嗯，我的没那么红，是粉红色的。"

奶奶："我的这个颜色还深点，深红色。"

妈妈："儿子，考考你，除了刚才我们说的几种红色外，还有其他红色吗？"

果果大声且自信地说道："我知道，还有眼红。"

全家人：……

我是这么理解"报数"的

曾有段时间，同样的发音，果果小朋友只学会其中的一个词，就可以大胆运用了。某天，果果被妈妈爸爸带去遛弯儿，顺便学下数数。

妈妈："儿子，我们有几个人呀？"

果果："3个。"

妈妈："我们一起数一下好不好？来，从你开始，先报数。"

爸爸："好，我最高，我最后。"

妈妈："预备，开始！"

果果："好！"

接着，只见果果哧溜一下，迈着他的小短腿跑到院子的一棵树下，牢牢地抱住，然后喊道，"妈妈，我抱了，该你们了。"

黑人是怎样练成的

家附近有"黑人"，果果刚开始看见他们时很害怕，后来发现他们也会讲中文，就开始对他们感到好奇，特别好奇他们的肤色。有一天，2岁多的果果刚拉完"便便"。

果果："呀，我今天拉的便便怎么这么黑？"

妈妈："你今天吃了黑色的巧克力，所以便便就是黑的了。"

果果："哦，这样呀！"

果果："妈妈，那黑人是不是吃了巧克力才黑的？"

妈妈：……

星星为什么不在超市卖

某天，果果陪妈妈去附近"××之星"超市买东西，走到超市门口，果果小朋友突发奇想。

果果："妈妈，'××之星'里是不是有星星卖呀？"

妈妈："天上挂的星星没有，玩具的有。"

果果："没有星星卖，那为什么叫'××之星'？"

妈妈："××之星，并不一定指它就是挂在天上的星星，他们是想说这个超市很好，很出名。"

果果："出名是什么意思？"

妈妈："出名就是大家都知道。"

果果："那出名跟星星有什么关系呢？"

妈妈："星星可以用来表示很出名。"

果果:"它都很出名了,为什么还不卖星星?"

妈妈:……

妈妈,我都糊涂了

上幼儿园中班的果果,语言表达及理解能力上了一个新台阶,不是随随便便就可以忽悠的了。某天,果果从家附近的儿童游乐园玩后准备回家。

果果:"今天好开心,最最开心的一天,但我腿有点累,妈妈你可不可以抱我回家?"

妈妈:"你长大了,这么远,妈妈抱不动呀!"

果果:"这样呀,那妈妈你打电话给爸爸,让他来接我们吧!"

妈妈:"我们都走了一半了,这么近,再走走就到家了!"

果果:"妈妈,我都糊涂了,你一会儿说远,一会儿说近,到底是近还是远呀?"

我的地盘我做主

果果快上小学了,为了做好幼小衔接,幼儿园决定教小朋友们一些简单的算术,妈妈在家也教了一些不同于幼儿园的计算方法。某个周日,果果要做完妈妈出的几道十位数算术题后才可以去看电视。

妈妈:"嗯,这道不对。"

果果:"是吗?我看看。"

果果接着重新算了一遍,自己打了个叉,又改了个答案。

果果:"嗯,是算错了。妈妈,你看现在对吗?"

妈妈:"你怎么算的,可不可以给我说说。"

果果:"好吧,我算给你看!"

接着果果就用幼儿园的小手计算器算法给我看。

妈妈："你可不可以不用小手算，用妈妈教的方法算？"

（妈妈不建议果果用手算）

果果："我也没用你的方法，只是用老师教的方法算给你看对不对。"

妈妈："好，你可不可以用妈妈教的方法算一下给我看看？"

果果："妈妈，我这道题现在算对了没？"

妈妈："对了。"

果果："你有你的方法，老师有老师的方法，我有我的方法。我要去看电视了！"

接着果果小朋友就走了，把妈妈一个人丢在那凌乱……

留点房子给别人买

某天，爸爸、妈妈带果果小朋友去儿童公园玩，儿童公园附近有一些新房子在卖。

妈妈："住这边蛮好的，离公园近，爸爸，要不我们在这买房吧？"

爸爸："好，现在开始攒钱。"

果果："妈妈，为什么要在这买呢？我们都有房住了，再买不是有两套了？"

妈妈："这里离儿童公园近，你想来就来了，多方便。"

果果："还是不要了，这里离幼儿园好远，还有，你把房买了，别人买什么？"

猪的用途

果果："爸爸，我给你出个脑筋急转弯吧。"

爸爸："好呀，你说。"

果果:"请问猪除了可以吃之外,还可以用来做什么?"

爸爸想了一会儿:"不知道,你知道吗?"

果果:"还可以用来骂人呀,你看,你是猪,你是猪!"

什么动物脚会滑

果果:"爸爸,请问什么动物的脚会滑?"

爸爸:"不知道,不过我走路有时脚也会滑。"

果果:"要不要我告诉你答案?"

爸爸:"好呀!"

果果:"你这个狡猾的狐狸!"

王艳,江苏盐城人,建筑工程高级设计师,两个男孩的妈妈。就职于某大型国企十年,从设计到设计管理,从专业设计院到公司战略拓展。工作生活中一直秉承家庭事业两不误的理念,闲时常会关注小孩成长的细节,并时不时记录成文字,避免成长中遗忘。

遇 见

郑 艺

"嗨,是去厦滘吧,我也是通讯社的!"在我印象里,这是你对我说的第一句话吧,虽然从没想过会有后续的发展,但故事也正这样猝不及防地开始了!而我们,也就这样自然而然地相识了。有些事情就像是上天故意安排好的,我和你之间的关系也因着某种牵引如期而至地发展着。亲爱的相公,谢谢你,走进了我的世界!

记得有一次,我们五个人还有我闺蜜一同去长隆欢乐谷游玩,那天晴空万里,我们也玩得非常开心。当天你陪护着我的闺蜜一起游玩些轻松的项目,而我和友凌去放空心情,体验着一次又一次极限刺激的项目,虽然那时并不是你一直陪同着我,但我闺蜜说:"我觉得这个男孩不错,他是喜欢你的吧?"我愣了愣,却只是当作玩笑话一笑了之,并没挂于心上。

2013年起,我们同在人力中心担任副主任,而且多次在社团中并肩作战,一起组织通讯社宣讲会、面试,梳理人员信息和编制月报等工作,微信联络也极为紧密。生活中的闲暇时间,你便开始频繁地找我聊天,关心我,约我出去看电影。在这往来期间,你曾两次表露过你的心意,却都被我以工作为重委婉拒绝了,但这并没拉远你我之间的距离。我想,那时的我们也都还很懵懂。而我只是单纯地觉得这个男孩挺好的,和我一样也是电影爱好者,并且还能一起工作,真心不错!

第一辑 散文

　　2015年年底，我们又一同被分配在培训中心工作，这时你已是副社长而我是主任了，我们共同负责搭建社干班子、编制管理规定、组织摄影培训和户外爬山活动等，这场革命友谊也变得越来越坚固。2016年年初，我在朋友圈发表了想要寻觅一位驸马的消息，而你从那天起又开始频繁邀约我一起看电影，还有短途旅行，渐渐地我被你真诚的样子所慢慢打动……在情人节那天，被你的大手牵起，于是，我们就自然而然地在一起了。用你的话说，这场马拉松太不容易，不过还好终于修成正果。

　　其实我觉得，这一路都是刚刚好。刚好遇见、刚好熟悉、刚好都单身、刚好又对了眼，刚好碰到的你还一如既往地喜欢着我，也刚刚好你这个人我也觉得有好感。所以，这也刚好是一件很自然很幸福很快乐的事情吧。

　　现在，我们相识已有四年多了，在一起也有一年了吧。此刻，我想用文字记录下我们之间所经历的点点滴滴，让这个不算太浪漫的爱情故事变得更有历史意义。

　　场景一：还记得我们第一次牵手的场景吗？

　　那时候是冬天，而我又爱穿裙子，当晚在电影快结束时，你的大手隔着我的纱巾附上了我的小手，顿时暖暖的，而我的脸在暗处也渐渐变得绯红。出了电影院，路上下着淅淅沥沥的小雨，虽然有点冷但我又不太好意思说。而你，非要给我你的外套，却被我一直坚持婉言拒绝了。还好离家不远，被你一路护送着，当时躲在你的臂弯里，感觉特别的暖和，也许内心是有一丝悸动，那个时候也因你而感动。

　　场景二：还记得你第一次来我这家吃饭的时候吗？

　　那个傻傻大笑的样子，至今依旧让我忘不了呢。忘了那是一个什么节日，你回家后就使劲微信问：你爸爸对我印象怎么样啊？我没说什么错话吧？我的表现应该还可以吧……那一刻，让我突然觉得，你很在意我们之间的关系，也凸显了你真的很重视我们的感情。

　　场景三：还记得我们的第一次旅行吗？

那天我们随车去了阳朔,在那儿度过了两天美好的灿烂时光。我们骑着双人车游历山间的风景,还唱着欢快小曲和伙伴们开心地笑着闹着。在回来的途中,走过一个又一个热闹非凡的街道,我这里停停那里看看,好奇发问又观望着远处,你便一路都紧紧牵着我的手,生怕把我弄丢了似的,心里觉得甜蜜蜜。

场景四:还记得你带我去参加你的好友聚会吗?

那时的你,拉着我的手,充满自信又满脸得意地向你的好友们介绍着:"这是我的女朋友,她叫郑艺,郑是郑成功的郑,艺是文艺的艺、艺术的艺,她的家乡在湖北洪湖,那儿是美丽的鱼米之乡。"饭后我们便逛着街,看着广州繁华的夜景,心也沉醉了。

场景五:每到天气炎热的时候,街上到处都是卖雪糕、冰激凌的,但是贴心的你知道我体质虚寒,所以每次出门都会背着背包,而背包里必不可少的总会是烧好的一壶白开水。还记得最初相识的每一次出行,你都会准备好纯净水,有朋友说怎么不买点饮料给我喝,你却不慌不忙地娓娓道来,而且每次都是先拧开再让我喝。因为了解,所以知道我的喜好,这一点也让我很感动。

场景六:我是一个不太注重饮食的人,有时候忙碌起来甚至就会忘却了吃喝,而与你在一起后这个坏毛病也逐渐往好的方面改善,要不然你的电话总会及时打过来进行"慰问"啦。虽然自己知道按时吃饭是对身体负责,要健健康康才会好,但还是避免不了会使小性子,可你软磨硬泡地劝说,让我不得不对你又爱又恨!其实,能被人这样惦记着,内心还是蛮欢喜的。

场景七:当我们在一起后,出现了很多不一样的我,如会像个小女人一样天天问你:"你爱我吗?"而你每次也都会回答我:"爱呀。"我问:"有多爱呢?"你答:"非常爱!"我又问:"非常爱又是多爱呢?"你回答道:"特别地爱!"我知道你是体谅我,因为你也知晓我总是缺乏安全感,所以每一次都会耐心而诚地回答我!谢谢你,不会嫌我烦的好相公。有你的宠爱,让我变得那么的不一样,我也将慢慢喜欢上这样的自己。

场景八:有一次,我看到一篇男人出轨的文章,就脑洞大开地问你:"和我

第一辑 散文

在一起后,你还会爱上别人吗?"你说:"会啊。"我便睁大眼睛瞪着你。然后你又补充道:"我还要爱我的小情人啊,这要靠你啦。"瞬间我就白了你一眼,又问:"那除了我和宝宝,你还会爱上别人吗?"你说:"不会啊。"我问:"为什么呢?"你说:"因为你啊!都要结婚了,咱们不是说好还要浪迹天涯,携手白头的吗。"我说:"那你会后悔吗?"你说:"不会,拥有你是我的幸运!"呼,暖暖的!

场景九:每到周末时间,总会有许多的活动,如社团的、学院的、驴友的等等,而你都会带上我还有你的荷包,去到处看看风景尝尝新品,无论去哪儿,你都是以一个当家男人的形象,毫不客气地买单拎包。最爱你这个样子啦,从此我就有了一个放心的自助银行。

场景十:只要和闺蜜聊起你,内心就会有些小小膨胀。因为有你这么多年来的坚持,我们才能走到一起。至今为止,都被人一直关爱着,是一种幸福!这让我发现,之前的你也有诸多的不易。谢谢你的真心,让我明白并留意,也把我的目光变为吸引和接纳。

如果有一天,我们经不起时间的考验,该怎么办?如果有一天,突然觉得不爱了,该怎么办?会放手吗?我想,不会的!因为爱上了是种最可贵的缘分;而在一起,也是种最珍贵的情分。我们都该彼此支持、关爱、互助,去学会付出、理解、包容,并且还要勇往直前、共同进退、白头到老。你说,对吗?

不知从何时起,你已悄悄地走进了我的生活,那么的不经意,那么的刚刚好……愿我们这场爱情长跑的故事会变得更加有趣!谢谢你,成了我亲爱的相公。也谢谢这个大千世界,让我遇见了生命中最重要的另一半。

给孩子的一封信

郑 艺

人生有许多选择,请用好奇的眼光去发现世界的美,做自己喜欢的事情并坚持着,成为自己的主人!

亲爱的孩子:

欢迎你来到我们的身边,去探索这样多彩的大千世界!之前的你一直在妈妈肚子里的小屋中,生活了满满十个月,现在的你终于出生啦,进入了我们一家多口的大家庭里。家里有爸爸、妈妈、爷爷、奶奶还有舅舅,被这么多人呵护着,小小的你是不是非常开心呢?

记得妈妈在生产的过程中,和你一同努力着,当听到你的第一声啼哭,妈妈也落下了幸福的泪水,这是我们共同的喜悦啊。第一眼见到你,你是那么的小巧可人,小小的手、小小的脚丫子,还有细细的胳膊与腿,让人心生爱怜。看着白白的你睁开蒙眬的第一眼,妈妈控制不住地想要亲吻你,你的脸颊是那样的柔软细腻,让我们都争抢着拥抱你,这让妈妈也感到满心欢喜,谢谢你,我的孩子!

在此,妈妈想对你说声抱歉!因为妈妈的任性之举,在没有任何准备的情况下,让你匆忙中没有选择地来到了这个世界。也许你会笑话妈妈,我都还没出生又怎能去做选择呢?其实不是的,妈妈只是想认真地告诉你,人生是有很多选择的,但有些许事确实又是自己做不了主,比如出生这件事,还有关于死亡这件

第一辑　散文

事……对于这件事，不仅仅是你，还有我们身边所有的人，都是这样莫名地来，又不得已而离开。

其实爸爸妈妈也是如此，我们在此世界探索了二十多年后，发觉这个世界很精彩，就想让你也来瞧瞧。至于如何的精彩，就是因为它有很多有趣的地方，感染着吸引着影响着我们，虽然它并不是完美的，甚至有些丑陋的地方，但我们同样觉得，它的美好是占据最多的，所以无论你会如何去品读它，如何去对待生活，我们都会一如既往地支持你！

当然，如果你也觉得这个世界好玩又精彩，那你就好好把握、好好玩耍、好好享受吧。但如果你觉得它让你的生活难过又无趣，也请你别抱怨，好吗？因为它在教会你，运用积极乐观的心态迎接事物，去接纳并感恩这个世界。

在这漫漫岁月中，你的人生还有很长的路要走，妈妈会在这路途中尽可能为你保驾护航，指引方向。但也会极大限度地让你体验自由的选择，让你努力去尝试所有新奇的事物，不用牺牲自己的借口来换取对你控制的权利，让你学会爱自己爱生活。妈妈知道，任何人都会犯错，无论大人还是小孩，所以我们也要相互学习并监督，一起努力让彼此成为更好的人儿！

亲爱的孩子，在这个世界上，还有最重要的一门功课，那就是学习爱和被爱。因为有了你，让妈妈更加懂得了做母亲的不易，所以我们都要不断地努力学习着，去学会爱身边的人，而不是无休止地接收着亲人们的爱，要懂得怎么给予与付出爱，相信你会做得很好！

关于人生的美好，你会有很多选择需要做。但你无法去预知它的好坏，这会有点探险的感觉，也会刺激着你的感官，给你的生活增添趣味。对于选择，你需要用勇气来面对它，无论呈现何种后果，都要靠你自己来承担这份责任。如果选择没有问题，那么你就能分享这种成功的快乐，但如果是失败了，就需要你去承受这种痛苦抑或压力。不过，这也没关系，人生就在于多方面去尝试去体验。请放心，无论怎样都好，妈妈这里永远都是你停歇的港湾，愿能做你的知心朋友无话不谈，去分担你的喜怒哀乐！

最后，妈妈想对你说，在这个世界上，没有做不到只有想不到的事！只要你用心，就算在渺茫的困境中也能出现奇迹。妈妈说这个话，只是希望你能抱有梦想，不需要多么伟大，只需要从小小的梦想做起，渐渐积累经验，然后建立比较宏大的梦想，尽可能去实现它。妈妈相信你可以的！因为未来需要靠你自己去做主，愿你在每一次选择上，都能有所收获，好好成长！

亲爱的孩子，从你出生起就总是特别地爱笑，有时在梦中也会笑出声来。每当看着你这一脸纯真无邪的笑容时，妈妈的内心便充满纯净而神圣的欢喜，感觉整个家里都阳光普照、暖意融融、爱意绵绵，真想像你一样，那样宁静而美好！想对你说的话还有好多好多，让我们一起携手共同成长，然后再慢慢对你说，说着我们一同经历的美好时光……

未来无论怎样都好，亲爱的孩子，谢谢你的到来，让我们的生活变得更加欢乐多彩！

爱你的母亲

郑艺，湖北洪湖人，爱好画画、散文、诗歌、小说等。相信这个世界上只有想不到没有做不到，感恩身边所拥有的一切，并将尽她所能为之努力，去彰显这靓丽的青春！

第一辑 散文

爱的盲点

陈方林

世界我看得再远

始终有一个盲点

你就在我的身边

我却一直没有发现

成功在及手不远

只不过刹那云烟

恨自己一直没有回头看见

爱就在眼前

——邓紫棋《盲点》

　　周末靠音乐打发时间,听到了邓紫棋的这首《盲点》,瞬间被她的歌词触动。正如歌中所言,在烦嚣世界追名逐利的我们,已忽略了身边多少值得去珍惜、去爱的美好?当获得所谓"成功"时,又有谁会回头,看看自己已失去了多少?最终只能悔恨自己没有发现、叹息爱曾在眼前。

　　当然,我们并非不懂得爱。追求是爱,梦想是爱,甚至追名逐利也可以说是爱。但我们的爱却有一个盲点,那就是一直陪伴左右却被忽视的存在。

或许越是近在咫尺的，越是容易被忘却。

前一段时间休假回家，在路上就决定要尝一尝自己最喜欢的两种家乡小吃，一种是市区小学母校门外的牛杂汤粉，另一种是在镇上就买得到的蒸糕。由于从家里到市区路程较远，所以刚下大巴，便专门跑了一趟母校门外，大饱口福一顿。相比以上的迫不及待，对蒸糕的品尝欲望倒是从容了许多，因为从家里到镇上只有几公里，想尝鲜虽不说唾手可得，也算是近在咫尺了。然而，一直想着随时都可以去吃上一顿，反倒是一直没有去成，直到坐上去广州的大巴，都没有遂愿。

于物如此，于人亦然。

母亲的伯父伯母，已高寿九十有余。仍记得小时候，在城市读书的我们，每回到家乡，便喜欢往表舅家跑，喜欢去找那一群兄弟姐妹们玩。那时还年轻的两位老人在门边倚坐着，笑着问："你们又回来了？妈妈呢？"没等回答，便将我和弟拉进屋，按坐在小桌旁，不管喝粥吃饭，吩咐表妹给我们拿碗筷。如今，两位老人虽还健朗，却已经认不出我们了。到表舅家时是晚上，得知他们早已睡下，便不再打扰，想着假期还长，总能找到时间见见他们，跟他们聊聊天，即使他们已经不记得我是谁了。就是这样想着，最终也还是没见着他们。

或许，越是至亲至爱，越是不懂得表达情感。

自小在父母的关怀备至中成长，早已习惯了他们的叮咛嘱咐、嘘寒问暖，即使外出求学、工作，隔三岔五打过来的电话也从未间断。天气冷了，会交待我添衣加被；偶逢阴雨，会叮嘱我勿忘带伞；甚至在新闻中看到的诈骗案例，也会拿来对我教导一番，怕我上当受骗……如此种种，通过小小的两个手机，让我感觉他们仿佛就在身边，能清晰地感受到他们浓浓的关爱。

然而，他们毕竟没有再长伴于我身侧了，没有儿时那般为我遮风挡雨了。而我，在重复着奔波忙碌，流连于吃喝玩乐，却鲜少意识到要多陪伴父母，要给他们关爱，甚至于，连电话也并未多打一通。每每接通父母的来电，也仅是"嗯、哦"地答应，却忘了问问他们身体是否安康，是否吃好睡好，即便明知他们定会回答"诸事安好"。

第一辑　散文

　　直到有天看到一则计算长大后还有多少时间陪伴父母的短文，才惊觉，原来自己能在他们身边，陪伴关爱他们的时间并不算多了。带着感触想起给父母打个电话，点开手机通讯录，翻查之下发现，在一串熟悉的拨入电话中间，那夹杂着屈指可数的几个拨出，显得是那么地刺眼，微带触动的心瞬间被羞愧填满。

　　"世界我看得再远，始终有一个盲点。"或许于我而言，至亲至爱的父母就是一个爱的盲点？所幸的是，我已经意识到了，转过头来，将这个盲点扫除仍时尤未晚。在周末或节假期间，花几个小时回到父母身边，与他们小聚一下。陪他们吃顿饭，喝杯茶；或者跟他们散散步，逛逛街；又或是端坐着听他们的教导……

　　平时未能陪伴左右，便在闲暇时多打几个电话，过问一下近况，又或者仅是听听父亲的教诲，与母亲聊聊日常的琐事。虽是点滴小事，但主动与被动之间，态度已截然不同，相信父母亦能感受得到。

　　正如《盲点》词中所写：

雨天忘了为你撑伞
生日忘了问你的愿望
你付了多少我不知道的账单
你做了多少我没回来的晚餐

　　细腻的歌词背后，是否让你有种似曾相识的感觉，是否会让你想起身边的某个人，无论是朋友、恋人还是亲人？当你对他们的爱与付出习以为常时，是否想到他们也需要被爱？当你投入追求所爱时，是否会为他们分一丝关怀？当你豪情满怀、忘情付出时，是否能看到身后爱的盲点？

腐草为萤

陈方林

偶然听到网络歌手银临的作品,在网上找到她关于个人专辑同名曲《腐草为萤》的创作灵感,细读之下,久久不能平静,索性将其摘录下来,与诸君分享。

古人云"季夏三月,腐草为萤",即传统说法认为腐朽之草能化为萤火虫。也许野草腐朽以后,化为萤火黉夜点亮,乃是如涅槃一般的大智慧大圆满,但殊不知萤火虫也只有20余天的寿命,夏末初秋以后,依然只会剩残骸葬于枯草,等待来年再次腐朽重生。这才完成腐草为萤生死相拥的最后轮回。一切渴望,恋慕,一切光明的、美满的结局都要付出代价。或许这代价正是粉身碎骨万劫不复,但人生没有对错,只有值得不值得。

——银临《腐草为萤》创作灵感

"人生没有对错,只有值得不值得。"我们说,"当初这个决定是对的,那个选择是错的",然而其中判断对错的标准,都是基于现时所得的结果。但立足选择之初,又有谁能够预知未来?所凭借的,无非是那一丝微薄的可能性,又或仅是心中的一股冲劲。于是,你认为做这个决定值得,做那个选择不值得。

有一个老同学,联系得比较少。某日忽然从朋友圈中得知她已经辞掉之前的

第一辑　散文

白领工作，投身自己喜欢的烘焙事业。我们都在为她感到惋惜，但她却说追梦才是最幸福的。她认为为梦想放弃稳定的工作值得，于是就这样做了。

现在，她的事业已经度过起步阶段，用事实向我们证明她的选择是对的，她的放弃是值得的。然而纵使她创业失败，但至少已经获得自己想要的幸福，又怎么能说当初的选择是错的，说她的放弃不值得？

还记得大学毕业，面临就业选择的时候，不少同学选择了返乡，其中就有一个与我比较要好的同学阿健。其实阿健实习的单位条件也不错，他的选择让我不解：放弃大都市待遇不错的工作，回到条件相对落后的家乡，再重新求职，这值得吗？他解释说，父母年纪都大了，作为独子，要回乡尽孝。确实，为了父母至亲，无论放弃再好的待遇，又哪会觉得不值得呢？

毕业已经两年了，大部分同学都有了相对稳定的工作，但有几个却隔一段时间就会换一个工作。阿宁与阿飞是代表人物，他们有着共同的爱好：摄影与旅游。与阿宁接触相对多一点，了解到他会在周末骑着单车，寻找郊外美景，再约上三五同伴，享受自然与摄影之乐。

至于阿飞，都是从朋友圈中得知他的动态，往往是看到相片中某地的美景，我才惊觉他已辞去羁绊，踏上愉快的旅途。我们认为稳定的收入、物质的追求值得为之坚持；而他们却认为精神的享受更为重要。当我们仍在为那微薄的工资沾沾自喜的时候，他们早已踏遍万里征途，看尽繁华世界，故步自封的我们又岂能说他们的不羁就是不值得的？

确实很羡慕那些可以抛弃工作烦恼，尽情享受生活的人，然而至今为止，仍守在这收入不高，相对稳定的岗位上，或许因为我是个比较容易满足的人吧。谁不想吃饱就睡，睡醒就玩？可惜我不是富二代啊，生活总需要面对。于是我觉得，每月收入稳定，完成每天八小时的工作，业余闲暇时看书写字、喝茶弹琴，学习自己感兴趣的，也不失为一种享受。自己觉得快乐了，这样的选择便算是值得的了吧！

春蚕吐丝，我们嘲笑它作茧自缚，认为不值；然于春蚕而言，不经成茧又哪能破茧化蝶！蜡炬滴泪，我们感伤它独自垂泪，认为不值；然于蜡烛而言，未曾垂泪又何来满室亮堂！

　　一切渴望、恋慕，一切光明的、美满的结局都要付出代价。或许这代价正是粉身碎骨、万劫不复，但人生没有对错，只有值得不值得。犹如飞蛾扑火，旁人看来，它是自取灭亡，又有谁知道它追求光明的心，愿为之付出一切？对于小小飞蛾，当它投向火光，火焰燎身的那一瞬，便已是永恒。

　　陈方林，广东茂名人。喜欢写作，只是为了捕获脑海闪过的灵感，记录心间泛起的感动，纵是一点一滴，亦足以行文铭记，方涌泉思觅灵犀文自随心墨如林。

第一辑 散文

而立之年

莫崇杰

子曰:"吾十有五而志于学,三十而立,四十而不惑,五十而知天命,六十而耳顺,七十而从心所欲,不逾矩。"

——语出《论语·为政》

三十而立,这是两千多年前孔子曾经有过的感慨。南怀瑾先生在《论语别裁》里对此是这么解读的:"立就是不动,做人做事处世的道理不变了,确定了,这个人生非走这个路子不可。但是这时候还有怀疑,还有摇摆的现象,'四十而不惑',到了四十岁,才不怀疑。"因此,三十岁似乎从来就不会是个简简单单的生日而已,它提醒着人们自己已经开始步入中年,迈进了成熟,逐渐脱离了少年时的懵懂和青年时的稚嫩。不仅是对古人,即便是对于现在的人来说,三十岁似乎也是一件很可怕的事。女士们自然是在感慨"韶华易逝,红颜难留",男人们则多是在感慨"光阴似箭,功名未立"。或许正如南怀瑾先生所说的一样,三十岁是对自己这小半辈子的小结,随着每个人不断地成熟,我们的世界观、人生观、价值观都将在这个年纪里逐步建立并成熟,而这,将决定每个人的下半辈子将要走上一条什么样的路。

其实,就我自己的感觉而言,每个人从呱呱落地的那一刻起就开始走上了一条属于自己的人生道路，在这条道路上你只能勇往直前，却永远都无法回头。年少的时候，父母会牵着你的手，指引着你该如何小心翼翼地跨过坎坷，避开荆棘，他们希望你这一辈子都这么平平安安地沿着他们指引的道路上顺利地走下去；当你慢慢长大，慢慢成熟，或许你会沿着这样的道路继续走下去，因为这已经成为你的惯性，又或许你会在某个岔路口选择另外一条路，因为你觉得那条路上的景色可能更加迷人，可能在那条路上你会获得不一样的感受，在那条路上你会遇见那个和你志同道合的人，你们会相视而笑，共同携手前行；再随着年纪的渐长，你也会有自己的孩子，那时的你则会牵着孩子的手，教导他该如何跨过坎坷或是避开荆棘，为他规划好人生的道路并指引着他顺利地走下去，同时扶着已经年老的父母，继续沿着自己那早已选定的道路前行；直到当你最终觉得太累了，蹒跚着不愿意再继续往前走了，然后伫立回首凝望着自己走过的道路。而随着你回忆起自己走过这条道路的点点滴滴，存留于心底的或许会是后悔，或许会是骄傲，或许会是遗憾，或许会是满足，但是你却永远也无法回头去重新选择，重新上路。

　　在人生的路上，或许你会有彷徨无助的时候，但是你也能体会得到那种欢欣鼓舞的感觉；或许你会有孤独寂寞的时候，但是你也可以与朋友们彻夜狂欢；或许你会有痛苦失落的时候，但是你一定也能感受到和家人在一起的美满幸福。人们之所以会高兴、会孤独、会欢喜、会寂寞、会幸福、会失落、会狂喜、会痛苦，因为每个人在路上都会遇到形形色色的人，这其中既有血浓于水的家人，也有脉脉含情的恋人；有惺惺相惜的朋友，也有尔虞我诈的对手；有高山仰止的长者，也有嗤之以鼻的小人；有同甘共苦的同事，同样也有相互利用的合作者；既不会缺少点头之交，而更多的则是匆匆而过的陌客……有的人你只能望其项背，永远跟随着他的背影前进，而同时在你的身后，却有后来者沿着你走过的道路尾随而来。有的人闯进你的生活，只是为了给你个教训，然后他就离开了；有的人却一直默默地伴随着你的脚步前行，在你最艰难的时候给你最大的支持；有的人与你擦肩而过，你或许会因此与一段美好的感情或一份纯真的友谊失之交臂；有的人却在这时间无涯的荒野里与你偶然相遇，没有早一步，也没有晚一步，让你由衷

第一辑 散文

地庆幸……

三十而立，在这个年纪里的每个人都在选择着自己的人生道路，每个人都会在自己的人生道路上碰到无数的岔路口，每个人都在这一个个的岔路口做着似乎是最适合自己的选择，每个人都期望自己所选择的路是最适合自己的，每个人都希望自己所在路上的风景是最迷人的……不同的选择意味着不同的道路和不同的人生感受。

我害怕这种选择，因为选择一种就意味着放弃了另一种选择，而没准你所放弃的另一种的选择反而才是你最想要的，但是因为放弃了另一种选择，你永远不知道你曾经失去了什么。在生活的道路上我踯躅前行，没有人可以安慰，没有人可以依靠，一种近乎绝望的孤寂感包围着我，时常让我觉得喘不过气来直至窒息。我累了。多少年来，在父母面前我扮演着乖孩子的角色，因为我不能让父母为我担心；在老师面前我扮演着好学生的角色，因为我不想屈居人下而被人忽视；在朋友面前我永远是开朗而热情的，因为我不想由于自己的难过而影响别人的心情……"如果我站在人群中，笑容如阳光一般的灿烂，你是否能看出我心中的悲伤？"这句话真是个讽刺，但是实际的我就是一个这样矛盾的人，每当遇到事情时我总是思虑过多从而难以决断，天秤座的我永远在为如何在天秤的两端选择而犯难；我是个过于感性的人并且极其地敏感，但偏偏在很多时候却迟钝得很并简直到了犯傻的地步；我性格偏于懦弱，是个崇拜英雄但却又缺乏勇气的人；我很固执，认准的事容易一条道走到黑，但偏偏有时候遇到挫折后却很快妥协甚至是放弃；我在有些时候是极其骄傲的，但同时我却可以看到里面存在着深深的自卑；我还是个完美主义者，然而生活中的现实总是与我的期望存在极大的差距，这恐怕也是让我感到痛苦的根源之一……

生活总是在不断地帮你认清自己。随着年华的流逝，生活阅历的变化，让我的性格也逐渐地改变，但是有些东西却依然无法摆脱。我一直生活在各种各样的羁绊之中，从来没有人问过我想要什么样的生活。而我也不断地询问自己为什么而活着？因为我不知道自己的生活有什么意义，我一直在试图寻找什么、追求什么。最终，我悲哀地发现我彻底地迷失了自己，完全地丧失了自我。我过分地屈从于外在的压力去改变自己，却从来没有倾心地聆听过自己内心的呼唤。我时常觉得自己胸中总是郁积着不平，让人恨不得仰天长啸一番才肯罢休。可惜的是，生活在现在这样的城市环境中，却连大喊一声的自由都没有了。

我厌倦了现在这种似乎在很久以前就画好了轨道的人生道路，我只要沿着轨道向前滑动就可以了。我讨厌这样的生活方式，我不甘于近三十年来这样的生活还要继续延续下去直到自己老去，我总是渴望着自己能够尽可能地活得精彩些，渴望着自己有朝一日能有足够的勇气来做出改变，渴望着自己在有一天能够步行或者骑车去某个很遥远的地方做长途的旅行。就像梦中的西藏，那应该是个无比纯净和圣洁的地方，应该能够安抚我那颗躁动狂乱的心，能够洗涤我那被尘世所沾染过的灵魂。

但是我又不敢去尝试，我知道我的亲人们会为我担心，他们也不会允许我做这样的尝试，因为他们会觉得这样的道路充满着未知的危险。我不想也不敢让他们失望和担心，因为我在他们的眼里总是个听话的乖孩子。我觉得爱其实就是一种责任，因为这种爱，因为这种责任，你会为自己的思想和行为都画上一道底线，不敢越雷池半步。于是很早以前的我就在不经意间开始作茧自缚，我人为地在心里给自己画上一道道底线，告诉自己这个不能做，那个也不能做……久而久之，我惊恐地发现这一道道的线组成了一张错综杂乱的网，而自己犹如撞进蜘蛛网里的小虫，越挣扎却发现被束缚得越紧，最终一丝一毫也动弹不得。最可怕的是，当网中的那只蜘蛛张开血盆大口缓缓地向我爬过来的时候，我却只能够眼睁睁地望着它而无法可想，充满着无尽的恐惧和无助。这样的情境时常让我从噩梦中惊醒过来，然后便是无休止的失眠，直到日出的朝霞映照到窗台。

或许是失眠容易让人胡思乱想吧，我常常在那深夜的辗转反侧中思索着自己，想要不断地认识自己，我发现这还真是一件难事。我渴望着自己不要失去曾经的赤子之心，但可悲的是，不知道从什么时候开始我发现自己曾经拥有的那颗年少的心已渐渐死去。我总觉得自己好像被困在一座迷宫之中，被无穷无尽的黑暗所

第一辑　散文

笼罩着。我不停地向前摸索着，试图能找到一条通往光明的道路，但是却一次次地碰得头破血流或者一次次地发现走到死胡同而不得不另寻方向。我疲惫得很，但是却不敢停下，因为我害怕一旦停下来就会被四周的黑暗所吞噬，于是我只好跌跌撞撞地一直向前走。

　　但是我时常还是觉得有些东西仍然在呼唤着我，尤其在夜深人静、万籁俱寂的时候，银色的月华透过窗户倾泻到床上，微风拂过窗外的树叶发出摩挲的声音，我躺在床上无法入眠，于是便睁大眼睛望着雪白的天花板，心里总能感觉到有个声音想和我说话，并一直引导着我去了解它、迎接它。但是我却听不到它在和我说什么，我一着急，它却突然间消失无踪了，它是那样地吸引着我……我渴望着心灵的释放，渴望着一种没有拘束的生活方式。记得有一次在北京的街头看到一个流浪的歌手在弹着吉他，歌声很幽美，也很悲伤。虽然我只是匆匆路过，却让我有一种止不住想流泪的冲动。我很羡慕他们这种能够追逐着自己的梦想而生活的生活方式。或许他们的物质生活很贫乏，但是我想他们的内心是充实的，他们这辈子应该不会有太多的遗憾。我嫉妒他们的勇气，因为那是我所不曾拥有过的。我时常幻想着自己有一天能够对这个世界所有看不顺眼的一切伸出中指，然后听从自己心灵的指引，潇洒地选择自己想要走的道路。但是，我每每发现这些似乎触手可及的东西，其实被搁在了一块玻璃的另外一边，让你永远都触摸不到。虽然我依旧渴望着、企盼着，并想不顾一切地砸碎玻璃把它紧紧地抓在手里，然而，最让我痛苦的是我发现这竟然是一块钢化玻璃……

　　我仍然没有放弃这种渴望，因为我想要改变现在的自己，想找到那种完全属于我自己的自由。我渴望着能够找到那条只属于我自己的路。或许这条路会很漫长甚至没有人知道什么时候是个尽头，或许路上也许只有一个孤零零的身影，但是我依然期望着有一天我会心无羁绊地走在那条路上。因为我发现孤独和痛苦会让人的思想开始慢慢地蜕变，我渴望那种蜕变，就如同凤凰在烈火之中的涅槃，那是一种极致的美，而凤凰重生之后的第一声轻吟，也必将会响彻于天地之间。

滇中杂记

莫崇杰

岁次辛卯，随诸友游滇旬日，兴尽乃返，其间景致美甚，聊以记之。

初抵丽江篇　第一

孟夏即朔，余众行程匆匆，近昏时方自穗飞抵丽江。稍事洗漱后，便往束河古镇，漫步其间，但见处处飞檐翘脊、雕梁画栋，颇具古意。耳畔流水淙淙，四处灯色昏黄，水中倒影粼粼，顿觉远离嚣世浮沉，外事与人无碍，遂沉溺其中，不知所以。

翌日欲往香格里拉，然于途景色颇佳，乃先往拉市海而去。拉市海畔，茶马古道犹在，据清代刘昆《南中杂记》载："滇中之马，质小而蹄健，上高山，履危径，虽数十里而不知喘汗，以生长山谷也。"此语诚不我欺也。余众勒马踏阶，缓缓前趋，滇马形矮貌羸，然行于古径间甚稳健，沿昔日茶马古道，见路畔繁花簇簇，林荫森森，而青山静谧，唯闻驼铃声声，马蹄得得，间杂以鸟鸣溪流，使人空明见性。游罢茶马古道，即登船入拉市海。周边雪山消融，汇入拉市海中，湖水冰凉入骨，湖面广阔，透澈见底，偶见鱼儿游憩其中，野鸭嬉戏其上，乃使人叹东坡诗云"春江水暖鸭先知"之妙。更有渔家系舟其上，兜售烤鱼等物，又忽闻渔家引吭高歌，声彻云霄。

其后，再途经虎跳峡。金沙江过石鼓镇后，兀然掉首向北，穿玉龙、哈巴两雪山，而谷坡陡峭，蔚为壮观，此即虎跳峡也。极窄之处不过三十余米，故传常有猛虎蹬踩江中巨石，腾跃两岸之间，由此闻名于世。峡谷两岸，高山耸峙，披云戴雪，银峰插天。山腰两侧，石台跌坎，怪石嵯峨，峥嵘突兀。余等攀缘而下，直临江底，但见江中礁石林立，犬牙交错，石乱水激，惊涛拍岸。迅而江水来奔，瞬息万变，或狂驰怒号、雪浪翻飞，或旋涡漫卷、飞瀑荟萃。当其时也，头顶绝壁，脚临激流，水势汹涌，声震数里，乃令人战战兢兢，诚惶诚恐。

香格里拉篇　第二

香格里拉，音译于藏语，即"心中的日月"之意。或谓之净土，或有世外桃源之称，向以神秘而为人所称道。初四日，余等前往香格里拉普达措国家森林公园，"普达措"则音译于梵语，意为"舟湖"。属都湖畔，云雾飘缈，时隐时现，宛如仙境，使人顿生飘缈出尘之念。弥里塘草甸，原上花犹未尽发，星星点点，惹人怜爱，而牛马漫步其间，悠然自在。碧塔海中，天色湛蓝，湖水清冽，有若明镜。湖畔原始森林内，古树斑驳，林木郁郁，千姿百态，气象万千。偶见松鼠腾跳林间，旁若无人，但有以零食诱之，辄跃入掌间夺食，夷不惧人。

时已近午，余等乃驱车重返丽江。山径逶迤，沿途景色殊不恶。驻足远眺，偶见雪山峥嵘，巍峨瑰丽，倏而云雾弥漫，缥缈婀娜，风姿绰约，乃使余等神往益甚。若经日可见其貌，辄以尘俗之陋，必因时移而轻之也，遂使人深叹其捏拿甚妙，不得不遍拍阑干以应之。是夜，宿于大研古镇，闻丽江鱼烩颇佳，乃径往趋之，宴中唯食鱼烩，尽兴方罢，此中三昧，今犹使人回味。而后观赏《丽水金沙》，纳西故地，民族风情，尽荟于斯，轻歌曼妙，舞姿轻灵，令人如痴如醉，光阴都废。

印象丽江篇　第三

　　初五日大晴，余等清晨辄起，将往玉龙雪山。途经玉水寨，号为东巴圣地，有纳西古语，晦涩艰僻，勒以碑石，耸立门前。及入寨内，山水相依，泉水清冷，鳟鱼成群，蔚然成观。又有东巴神像，人首蛇身，深邃神秘，端庄尊严，凛然不可轻犯，而其畔守卫环绕，尽皆兽首蛇身。寨中偶见一语，不由颔首，其语谓曰"进入仙境，请勿食人间烟火"，盖其间最可人意者，莫过此句也。

　　玉龙雪山，延绵近百里，气势磅礴，向以险、奇、美、秀著称于世，而山有十三峰，挺拔如剑，终年积雪，皎如玉石，山势雄浑，若玉龙起舞云间，以此得名。余等登缆道上山，缆车穿梭于半空，颇令人战战惶惶，乃极目远眺，却见山峦碧翠，繁花满树，春光无限。余故地重游，感慨良多。高原气候，氧气稀薄，及上山后，忽觉目眩神摇，良久乃安。其时雪后初晴，光风霁月，时而碧空如水，群峰晶莹皎洁，时而云蒸霞蔚，玉龙时隐时现。峰岭若洗，疑似风劈斧削而成，险奇美秀，向不虚传。然道路阻绝，难于登攀，偶以为憾。而雪中嬉闹，滑雪纵驰，固亦人生大乐。余等流连忘返，诚可谓不虚此行也！

　　而后游蓝月谷，见一泓清泉，其色幽蓝明亮，或谓之藻类多生以至此，然何与他处泉湖之色殊异，久思不可解，罢之。继而游木王府时，忽遇细雨飘零，然须臾之间，云消雨霁，竟见两道虹霓，垂挂天际，姿容妩媚艳丽，生平未见，深以为奇。又蚤闻有《印象丽江》者，极述斯景为盛，余等乃雀跃翘首以往观之。村民五百余人，以天为幕，以地为席，雪山为景，气势恢宏，使人心神俱撼，可谓壮哉！歌声空灵质朴，杳然如空谷清音，舞姿曼妙蹁跹，飘然若临风而来。倏忽见百余烈马，呼啸而出，驰骋往来，驼铃声动，尽显千年古道马帮气概。人或伫立于马背之上，一时风光无限。东巴经载云，纳西尝有"久命""羽排"二人，情深意笃，然不容于世，乃于玉龙雪山相约殉情，传其终往"玉龙第三国"，永不离分，遂致后世多有情侣继之。及而顾影自怜，益觉悲从中来，不可抑绝，呜呼哀哉！斯夜，皆大醉而归。

竟夜宿醉，近午方起。将往春城而犹未得其时，乃独游古城，顿觉平静安详，洗濯心灵。随后游黑龙潭，碧泓清澈见底，多有泉涌汩汩，或自石间喧腾，犹如珠粒溅落玉盘；或由潭底冒涌，宛若珠串随水摇曳。湖畔绿柳成荫，悠然垂钓者有之，酣然而卧者有之，嬉闹鬈童亦有之。湖碧水清，绿树衬映，远处雪山倒映水中，流韵溢彩，清风拂面而来，使人熏熏然，不由心旷神怡。

建水文庙篇　第四

初八日离春城，应邀而赴建水。途经石屏异龙湖，而时已将午，乃驻车稍做憩息。但见青山为屏，百里碧波浩淼，一叶扁舟，往游异龙湖。荷叶田田，层层叠叠，一望无际，驱舟近前，微风来袭，清香远溢，扑鼻而来，恬静宜人。午后径往建水古城，此即古临安府治也。此间有客来邀，相待极厚，及至建水后，先陪往朱家花园游览。朱家花园，占地三十余亩，始建于清代光绪年间，为当地乡绅朱氏兄弟所建。名谓花园，实为私宅，园内庭院深深，祠宅毗邻，亭阁水榭，雕梁画栋，典雅古朴，房舍井然有序，院落层出有致，清幽淡雅，意趣无穷。

而后，往游建水文庙。文庙占地百亩有余，规模之大仅次曲阜孔庙而已，素有"滇南邹鲁"之称，始建于元代至元年间，历今七百余载矣。滇南边陲之地，竟有如此胜地，极出余之所料，自不可错过也。其风格规制，尽依曲阜孔庙而造，南北对称，结构严谨，尽显肃穆庄严之意。及入内，先见泮池，即俗谓"学海"者也。清波荡漾，遍植芙蕖，一片碧翠，偶见菡萏欲放，点缀其中。庙内牌坊处处，碑石林立，林木萧森，古意盎然，但觉气势恢宏，巍巍壮丽，格调高雅，气象庄严。余遥念旧时林下之风，必有文人雅士聚会于此，或谈诗论政，各吐经纶；或饮酒品茗，吟风诵月，心内不胜向往之。当可谓"谈笑有鸿儒，往来无白丁"也。及至先师殿，其像肃然，乃拱手作揖而退。

是夜，客要宴集，席间觥筹交错，佐以建水小调助兴，遂使宾主尽欢。翌日，应客盛邀，再往建水南沙，但见高峡出平湖，美景使人啧啧不已，美食使人大快朵颐，更有枇杷硕大如鸡子，甘美生津，尤令余念念不忘也。午后相别，余等乃远赴元阳，以观梯田胜景。

途中札记篇　第五

　　元阳，地处哀牢山腹地，山高谷深，沟壑纵横。地少人稀，何以解之？哈尼先民乃随山势缓急而造梯田，层层相叠，最多处达三千余级，历今千百余年乃蔚然成奇观。今元阳梯田规模之宏大，气势之磅礴，何其壮哉，使人深叹哈尼先民之智慧及勤恳。余等抵元阳老虎嘴后，已近黄昏。当其时也，斜阳晚照，余晖渐散，梯田层层，晚霞映耀，其红如血，雄伟壮丽，令人惊艳。

　　夜宿途畔逆旅，然为睹梯田晨曦，平旦辄起，驱车前往元阳多依树。此时天犹未明，夜闻虫鸣鸟啼，四处静谧悠然，山间雾霭弥漫，梯田延绵起伏，时隐时现其间，宛如身处幻境。哈尼村寨中，蘑菇房座座，坐落其间，意趣盎然，宛若田园画轴，笔墨淡雅至极。余独处其间，然自忖夜静虫鸣，心事可付谁知？倏而天欲破晓，薄雾将渐散，梯田轮廓益显，于晨曦间若隐若现。继而朝霞映耀，梯田层层，渐染金色，波光粼峋，宛如金蛇起舞，蔚为壮观，其景多彩烂漫，绮丽动人，如诗如画，如梦如幻，使人目瞪口呆，不知身在何处。

　　驱车竟日，甚疲。斯夜，宿于弥勒，痛饮葡萄美酒，惬浴氤氲温汤，不胜其美。翌日，余等将返春城而归穗，途经石林。岂有过宝山不入，以致空手而归者耶？吾辈自不能免俗，遂前往游玩。石林，原为滇黔古海，而亿万载间，沧海桑田，白云苍狗，及至今日，石峰座座，柱石丛丛，或拔地而起，或纵横交错，昂首苍穹，直指青天，犹如森林般苍苍莽莽，故名"石林"。其内地势蜿蜒，峰峦参差，千姿百态，鬼斧神工，被誉为"天下第一奇观"，又有象生石无数，无不栩栩如生，惟妙惟肖，令人叹为观止。余等游玩其间，峰回路转，曲径通幽，移步易景，使人如入迷宫仙境，莫不流连忘返，赞不绝口。

第一辑 散文

是夜,归穗城。

莫崇杰,广西贺州人,高级工程师,从事地铁及铁路建设近十年。文不懂人民日报,武不会广播体操,遑遑卅余载,书剑两无成,唯暇余籍舞文弄墨聊以慰怀也。

吴哥的微笑

卢书桃

吴哥窟

吴哥窟,高棉有史以来最宏伟的建筑奇迹,那是九百年前的人们对于人间天堂最极致的想象,为整个柬埔寨留下心灵的空间。

建筑方正对称。由外向内层层升高,由引道、三层回廊和五座塔寺组成。宽阔笔直的石板引道位于护城河中央,空无一物,留白空间,把人的视觉逼引到最高最远的宝塔。门前的水池倒映着宝塔,有一种虚幻的美,"水中月,镜中花",虚虚实实的影像,如同《红楼梦》中所说"假做真时真亦假"。经过一层层回廊,可以看到塔顶高耸,如待开的莲花苞,排成梅花状,最高的是印度教大神毗湿奴的宫殿须弥山。石阶和石墙的建造衔接精准,一步步石阶都极陡峭,在每一步行走和攀爬中,感觉到靠近信仰的漫长过程。

一座石头城,却用石头在回廊里雕刻了精美的浮雕和飞天女神。浮雕是传记,记录毗湿奴和国王的故事,一步一个情节。毗湿奴的妻子被恶魔抢走,毗湿奴和猴王天神们与恶魔对战,还有神魔合力用巨蛇搅动乳海,寻求长生不老甘露。创造的1800个飞天女神,上身赤裸,饱满丰腴,腰肢纤细,手指像花瓣一样一片一片绽放,女神手拈花朵,或提裙子,款款而来,翩翩起舞。

第一辑　散文

规模宏大的建筑，无穷无尽的门框，闪动光阴的窗棂，无处不在的石刻：女神、魔怪和神兽在舞蹈、厮杀、行军、祈祷……目不暇接，幽深的回廊，如时光隧道，迷惑着你跨越一个一个门框，走上信仰的神坛，寻求心灵的平静，离世界的嘈杂越来越远。

塔普伦寺

塔普伦寺，七世国王为母亲修建的寺院。曾经华丽无比，墙上镶满珠宝。如今四周一片荒烟蔓草，只剩余断壁残垣。

木棉树和绞杀榕纠缠着石墙，固定着、支撑着树根四处生长蔓延，在屋顶，在门框，把原本密合的石块松动开，露出几指宽的缝隙，植物与石块经过千年的融合，彼此纠缠，共生共死，不可分离，"木石同盟"便是如此。

墙上侍立的女神雕塑，手持鲜花，衣裙飘飘，原本婀娜多姿，现在因为墙壁开裂而块块分开。大片布满青苔的石块坍塌，狼藉一片，阻碍着通道。墙上石块中原本布满珠宝，现在珠宝被盗走，余留石块上的空洞。《花样年华》的电影中梁朝伟把秘密封存于石洞中，这石洞中究竟藏有多少秘密呢？而《古墓丽影》中女主角也曾在此找到穿越时空的奥秘。

这里，记录的是一千年的时间奥秘，从最初的奢华，到现在的残败，看到曾经的存在，也看到消失，那就是时间的力量吧。

女王宫

斑蒂丝蕾，俗称女王宫。因最精致秀美的石雕而被誉为吴哥艺术之钻。此处并非为女王而建的宫殿，而是国王赐给国师的静修之所。

女王宫由双层山形墙、三座中央塔和两座藏经阁组成。与吴哥窟的选材青砂岩不同，女王宫用一种玫瑰色的细质砂岩建造而成，在阳光照射下，石质显出浅浅的粉红色泽。门楣、门框、门柱、神像上雕刻着非常细腻繁复的花纹图案，无微不至，像苏州刺绣，像舒展的藤蔓，像错综迷离的梦。门楣顶端雕刻印度教神话故事，湿婆神抱着妻子坐在山上，气定神闲，恶魔变出无数头颅和手臂，两人斗法，吓跑百兽。神像外沿是龙蛇盘踞，乳海翻腾，波浪如花瓣，向内舒卷，一重一重，向上溅起。如此逼真繁复的图像，即使是画，即使是刺绣，也难以做到如此精致，而吴哥工匠却在石头上完成了，多么不可思议。

作为石雕艺术的极致，女王宫是千年来雕刻艺术难以超越的巅峰之作。

大吴哥城

大吴哥城是吴哥王朝昔日的皇宫。元朝周达观在《真腊风土记》中记录此处"叠石为城"，含金塔、巨濠、金狮、金佛等，王朝富庶强盛。数百年后，王朝被暹罗族灭亡，吴哥城因此荒废，在历史中湮灭，宏伟建筑被热带丛林吞噬，高墙倾倒，遍地瓦砾。

巴扬寺是大吴哥城最大的寺庙，是伟大帝王阇耶跋摩七世建设的，石雕都是国王自己的模样。一千年前，七世国王微带笑意，嘴唇微闭，垂眉敛目，俯瞰四方。一千年轮回，国王的微笑无处不在，四十九座塔尖，一百多面宁静的笑容，让你仰望，让你膜拜。高棉的子民经受磨难，昔日的繁城废弃，战争和瘟疫让城池变成废墟，帝国分崩离析。一千年后，在断壁残垣间，一尊一尊石雕的脸，一抹抹艳阳光，照亮脸上瞑目沉思的微笑，包容了爱恨，穿越了生死，延绵了岁月，把微笑传承。一次又一次，静坐尖塔间，仰望他们的千年微笑，然后，笑容从我心里升起，如同初日的阳光。

巴芳寺是图样最复杂的立体建筑，建在一个巨大的方形石头基座上，基座厚度是吴哥遗迹之最。长达172米的引道，用1米高的圆形石柱架高，石柱严密而整齐，显得特别庄严。正殿是方方正正的格局，五层逐渐向上缩小的金字塔形状，一层一层加高，呈90度的楼梯陡峭，站在寺顶俯瞰，景色十分壮观。

第一辑　散文

崩密列

崩密列，一座在热带丛林里沉睡的坍塌寺庙。

这里没有多少游客，没有完整的建筑和雕刻，没有完整的走廊，只有一块块散落的石块，甚至未做修整，可是原始、纯粹，令人不舍得离去。

寺庙原有格局还清晰可见，四方形，四个一模一样的大门。原先这里供奉的是印度教中的男神观世音菩萨，有座佛像石雕简洁、浑厚，菩萨左手持净水瓶，带着安静凝神的微笑，有着普渡众生的澄净之美。这尊佛像移到了吴哥博物馆。没有了佛像的神龛只剩下一个空洞，石柱、门楣、门框、走廊支离破碎，被风雨侵蚀，烈日炙烤，处处苔藓霉斑滋生。一颗颗的种子落户在神龛里，石墙上，门缝里，靠着石块延伸自己蓬勃的生命，树木参天，枝繁叶茂。这就是建筑与自然真实的生命状态，一面消亡，一面成长。这是一个沉睡的废墟，曾经繁华，历经沧桑，色彩斑驳后一片苍凉。在印度教里湿婆神是毁灭之神，毁灭则意味着重生和轮回。

四个一样的门，一样的堆积如山的乱石，一样的龙蛇引道，容易迷失。我们走错两条引道，走到很远又不得不两次原路折回，继续围绕寺庙走一圈。迷路时遇到一位香港游客，他说，迷路两次返回是因为舍不得。是啊，眷恋这里消失的美，舍不得离开，舍不得离开这建筑与自然和谐共生的画面，舍不得离开吴哥澄净的微笑。

园林五记

卢书桃

艺 圃

艺圃在园林中算是冷园、小园，却别具风格。我也是看邓云乡《红楼梦忆》记录在此拍摄了大观园的镜头，才在阊门一条狭窄的石板深弄找到此园。

艺圃历史上的主人是代代状元郎，最初为明代吴门画家文徵明的故居，清代书画家姜实节改名为艺圃，意思是以家园为圃，耕耘艺术，终身钻研书画。

此园分三部分组成：一座以大水榭为主的庭院，一泓大水池，一座假山。水榭轩窗临水，以池水潋滟、山态爽朗取胜，大水榭茶座有附近老人吃茶，游人稀少。水池旁有"响月廊"，《红楼梦》中黛玉与湘云中秋赏月联诗，看到一黑影，捡小石块朝池中打去，只听到打水响，一个大圆圈将月影荡散复聚几次，黑影里戛然一声，飞起一只鹤，往藕香榭去了。这便是"响月"的意境了，由此生出"寒塘渡鹤影，冷月照花魂"的诗句。

园子南部有一处叫"芹庐"的小院，有圆洞门、三折贴水平石桥，浴鸥池、香草居和南斋，布局精妙，是一处读书会客的好地方。靠墙立的几块太湖石，很有画意，这是明代造园手法："藉以粉墙为纸，以石为绘也。"假山上有亭，三五古树葱茏，是一园之胜，一树一山一石都耐人寻味，静中生趣。

第一辑 散文

对艺圃，要像品茶那样，慢慢品味，才知其清香。要用水磨功夫，细细推敲，才知其余味。

留　园

留园被称为"四大名园"之一。

园林中部以水为主，环绕山石楼阁，贯以长廊，银杏朴树参天，春夏秋冬四亭掩映于古树奇石间。春有紫藤，夏有荷花，秋有犀桂，冬有梅花，在清风亭可赏四季美景，有苏东坡"清风徐来，水波不兴"之意，四时景致虽不同，却能在任何一个季节中变幻出美的意境，所谓"万物静观皆自得，四时佳兴与人同"。

东部以富丽堂皇的建筑和假山为主。复廊隔粉墙，圆门隔花厅，间以漏窗，墙内外都可行走，墙上种藤。墙内外古树连成一体，古松苍翠，山石丘壑，以有限面积，造无限空间，内外空间相互呼应，人行其中，游目骋怀。还用砖砌地穴门洞，分割成狭长小径，塑造出"庭院深深深几许"的美感。

西部漫山枫林，一两间亭榭，一曲溪流自阁而下，人在阁中，似乎跨溪之上，流水淙淙，眼底如画，仿桃花源"中无杂树，芳草鲜美"！

"采菊东篱下，悠然见南山"，园林艺术的精髓想必就是如此了吧。以自然山水为本，以假山怪石为辅，以画为纲，以诗注解，"虽为人作，宛自天开"，为历代文人墨客"小隐隐于市"的理想休憩之所。

沧浪亭

沧浪亭是宋代名园，一座千年历史的宅子，以古朴清幽而闻名。

一泓清水绕园而过，河流自西向东，绕园而出。从入门到藕花水榭一带，碧波荡漾，亭台高树，山石嶙峋，古木一树斜横碧波上，倒影水中，树影、亭影、石影、日影、水影虚虚实实，历历在目，沧浪之水真是清呀！

沧浪亭以山为主，古枫参天，有的枫杨树中间早就空了，被雷劈过，却依然绿意盎然，藤萝蔓挂。事实上它们生长在岁月里，代表着几个世纪的风景，宋朝画家也许画过它们，它们已经成为一种文化的传承。清朝的沈复和芸娘曾在山亭中赏月饮酒，在"鬼节"临水遇"溺鬼"而高烧不止。

西部长廊有极佳的曲折和坡度。从加高的地势上，高瞰水潭，临渊莫测，越发显得古树高峻，曲折处留白，随意点缀少量竹石，水潭倒影清晰，夕阳透过长廊上的漏窗，图案更觉玲珑剔透，真廊真窗，廊影窗影光影，影影绰绰。

北部庭院千百竿翠竹遮映，"翠玲珑"房舍三间相连，房外竹影参差，房内竹影夕阳透窗来，取自苏子美"月光穿竹翠玲珑"之意。此处"凤尾森森，龙吟细细""竿竿青欲滴，个个绿生凉"，似乎进入《红楼梦》中潇湘馆，仿佛林黛玉在此修竹、写诗、流泪，如同不屈不挠的翠竹一样走过她高洁凄美的一生。

柔和的夕阳色彩，翠绿的竹林，古拙的枫杨，玲珑的山石，柔媚的流水，组合而成的沧浪亭，给人无限舒适的美感和意境，正是"清风明月本无价，远山近水皆有情"，寄托着历代文人墨客丰富的情感和憧憬，似乎处处有情、面面生意，含蓄清雅又曲折，余味无穷！

寄畅园

寄畅园，是明代四大名园之一。也称为秦园，相传是宋代大才子秦观后人所建，秦族后人受张居正所排挤归隐山林，取王羲之"取欢仁智乐，寄畅山水阴"，命名寄畅园。

乾隆皇帝六下江南必来此处游玩，留下"惟惠山优雅闲静"的题字。寄畅园巧借惠山之景，以古朴幽静而名。惠山古木参天，松根浸淫，千岩涤滤，得日月精气，山泉水甘洌可口，自唐代茶圣陆羽以来就有"天下第二泉"之称。

入门是一庭园。正中为"凤谷行窝"的厅堂，左右两棵百年桂花树，枝繁叶茂，覆盖整个天空。两棵高大的海棠树，娇艳粉嫩，"海棠梢头春意闹"，点亮了整个庭园。白墙上有乾隆的题字"山色溪光",点出此园神韵。

左转进入一书斋,假山开路,百年樟树、枫杨、朴树参差,茂然成林,掩映亭台楼阁,越过白墙灰瓦,在空中成就无限姿态,步步有古意,步步能入画。再往前,山石森严,曲水环绕,潺潺有声。依峭壁听二泉,循山水听百鸟争鸣,山水清音,妙不可言,"一丘藏曲折,缓步百石攀",即是"八音涧"。

中间是以水池为中心的锦汇漪,亭廊桥榭依水而建,面山而构。水池边红色桃花明艳,前有石桥,平铺水面,有凌波之意,视线及远便是"知鱼槛",最远的是惠山山顶楼塔,将园外山景纳入园内。宋人郭熙说:"山以水为血脉,以草为毛发,以烟云为神采。"这个清澈的水池是一园之脉,古树为毛发,惠山远景为神采,营造出自然和谐、灵动飞扬的山林野趣。

寄畅园的建筑少而洗练,以少胜多,有不尽之意。深居于山间,开阔明朗,真山真水,委婉多姿,在江南园林中别具一格,是清代园林的紧凑堆砌难以比拟的。

西 湖

来西湖旅游的最佳时间是清晨。因为中午到晚上都是人潮涌动,而清晨才是难得一见的安静时刻,适合慢慢走、细细品,去体会西湖的山水清雅之美,人文丰盛之妙。苏东坡的诗句说得好:"水光潋滟晴方好,山色空蒙雨亦奇,欲把西湖比西子,淡妆浓抹总相宜。"苏堤六桥烟柳,在细雨中微斜,轻风徐徐。置身苏堤边的摇橹船上,听人讲苏东坡的典故,遥远的传奇故事如画卷般浮现在眼前。累了,我会坐在古意盎然的亭子里,歇歇脚,听听别人放的越剧《梁祝》,去沾染一下宋朝的遗韵。

曲院风荷是西湖十二景中我所偏爱的。一是湖光潋滟,湖碧天青,绿树映波,万缕柳丝,水面疏影横斜,美不胜收;二是桥亭楼阁,桥皆有亭,亭态各异,白墙黛瓦,雅致古朴,尤其桥之倒影或圆或横或弯,目不暇接;三是十里荷花,鲜艳夺目,花态柳情,小桥流水,荷叶田田,别有趣味;四是绿树遮天,水杉密布,地被如茵，鸟鸣枝头，令人心清神爽。这水景、桥景、亭景、花景、树景层次丰富而出色，千百年自然和人文积淀出这么一片雅致的天堂。

　　断桥，不过是一座不起眼的石拱桥，只因冬天雪后桥的阳面雪先融，雪残未消，而其阴面依然白雪皑皑，远看桥面似断非断，故称"断桥残雪"。传说，南宋时白娘子与许仙在此相遇，借伞寄情，开始了一段离奇又悲怆的爱情故事。越剧中《白蛇传》白娘子因恨法海拆散家庭，怨许仙不念旧情轻信法海而唱："断桥未断肝肠断。"晨曦中的断桥，烟雾迷蒙，一湖碧水，杨柳夹岸，石桥朴素无华，岩石有腐蚀痕迹，侧面苔藓翠绿，缝中野草丛生，想必这就是南宋"枯山水"，简单自然才是最美。枯叶美，残荷美，苔藓美，断桥美，残雪美，隐藏在不完整、不圆满的事物下，是遗憾，是缺陷，是更淡然真实的美。

第一辑 散文

万里归来仍是少年

卢书桃

  苏东坡是我不变的偶像,我是典型的"东坡粉"。爱吃东坡肉,收集五套不同的东坡传记,跟随他的足迹,踏进杭州西湖、惠州西湖每一个角落,写追星日记,时时温习旧作,引用名诗名言,从他的豁达个性和他创造的艺术中,品读生活与美,并与偶像穿越时空进行交流。

  黄州三年,是东坡的落难之时,也是他文学、书画艺术的巅峰时期。一篇《寒食帖》是古代三大行书之一,写尽出狱后的孤独苍凉,心如死灰,饱经忧患。艺术之难不在技巧,而在于准确表达内心的坦诚和直率。一篇《赤壁怀古》流传千古,"大江东去,浪淘尽,千古风流人物",从此奠定宋词豪放派的地位,直抒胸臆,言志载道,把赤壁江水、石月、人世变迁和苍茫历史融于一词中,展现了自由、豁达、洒脱的人生态度。两篇《赤壁赋》,赤壁之夜,江上之清风,山间之明月,耳听到而成声,目看到而成色,取之不尽,用之不竭,把身心交给自然,便可永久享受自然。

  东坡少年得志,人中之龙,在北宋政治旋涡里挣扎一生。曾任礼部尚书,官升一品,政治得意之时与民同乐,救世济民,整治杭州西湖,用他理想的人间情怀庇护他的子民。他是流浪者,不停被贬谪,流放荒凉之地黄州、岭南惠州、海口等地,跋山涉水大半中国,命途多舛,一路颠簸。当他看透功名的虚无、悲苦、艰辛、低落之时，写过一首《定风波》，"万里归来年愈少，微笑，笑时犹带岭南香，试问岭南应不好，却道，此心安处，便是吾乡"。即使落魄、流浪，怡然自得，身在异乡自得其乐，万里归来仍是少年，依然保持率真、纯朴，充满对生活的眷恋。东坡是"吃货"，他"自笑平生为口忙"。东坡肉、东坡肘子、东坡饼、火烤羊脊骨、自酿黄酒……与他有关的美食足以拼成一桌全席。

东坡是情义之人。《江城子》是夜里梦见亡妻的哀痛，感人至深，"十年生死两茫茫，不思量，自难忘""纵使相逢应不识，尘满面，鬓如霜"，是最痴情的语言。作为兄长，他照顾着弟弟，"人有悲欢离合，月有阴晴圆缺，此事古难全""但愿人长久，千里共婵娟"。这天地间的风云变幻和月的阴晴一样不是我们可以左右的，我们能做的，唯有珍惜身边的美好感情，积极地生活。

东坡和朝云是典型的"老夫少妾"。东坡任尚书时志得意满，他曾拍拍肚皮问大家他肚子里装了什么？别的侍女答是锦绣文章，朝云答是一肚子不合时宜。一语中的，东坡捧腹大笑。不合时宜造就了他坎坷多变的后半生，被贬时东坡携朝云赏月，问："如此乞巧良宵最大心愿是什么？"朝云说："别的女子向织女乞求才智技艺，我只求与你永不分离。"东坡有感于此，写下："佳人言语好，不愿求新巧，此恨固应知，愿人无别离。"朝云在惠州病死，东坡在墓前写下："不合时宜，惟有朝云能识我；独弹古调，每逢暮雨倍思卿。"

东坡的《记承天寺夜游》是篇极短的散文，说和朋友张承明赏月，寥寥几字却描写了友谊瞬息间的快乐动人处："某日，解衣欲睡，月色入户，欣然起行。庭下如积水空明，水中藻横，盖竹柏影也。何夜无月，何处无竹柏，但少闲人如吾两人耳。"他的散文是他精神的自然流露，哪里没有明月，哪里没有竹子，只是缺少像我们两个这样的清闲人。悠闲、宁静、喜悦的心境跃然纸上。

作为文学家、书画家，东坡一生缔造无数经典之作，留传千年，跨越重洋，每个人都可以从他的艺术中重新感受人生。东坡说："人生到处知何似，应似飞鸿踏雪泥。"可是，作为千年偶像，他不是飞鸿踏雪泥，他在世人的品读里，一遍遍地重新活着，感伤也罢，喜悦也好，通过他缔造的美，庇护着世人的心灵，他以一种开放的心态，开阔的个性，让你知道其实文学重要的是活出自己，活得自在丰盈。

故乡的菜肴

卢书桃

故乡已离得有些遥远,故乡菜肴的味道却永远那样清晰,仿佛还是昨天的味道。

我的故乡在湖南浏阳荷花村,地地道道的农村,典型的鱼米之乡,水田、竹林、茶林包围着我们的村子。我从记事起就一直在上学,求学之路崎岖,我印象比较深刻的是我的同学们,我们一起去竹林里挖笋,一起去河里捞鱼,一起去采板栗,常说悄悄话,很亲密,现在回去看到她们的样貌,依然熟悉,她们永远活跃在我对故乡的念想中。

人生易老,岁月沧桑,二三十年过去了,爷爷早已逝世,父母已苍老,满脸皱纹。唯一没有变化的是故乡的菜肴,"食不厌精,烩不厌细",总能在瞬间让我记起,不能忘记,每逢春节胖三斤,增加了双下巴,淹没了"马甲线"。

故乡菜肴可谓色、香、味俱全,新鲜、可口、香辣。一是新鲜的食材取自竹林、河道、水田、茶林等大自然,乡土特色浓厚。比如冬笋,新鲜得极为爽脆,肉借笋之鲜,笋因肉而肥;冬笋腌过半年之后由白色变为深棕色,用猪肉青椒炒,腌笋经过时间历练出来的味道更加醇厚。比如小田螺,从水田里捞出来,用开水煮,把肉剔出来,用红辣椒、紫苏、蒜苗、茶籽油炒,越辣越过瘾!二是色泽鲜艳丰富缤纷。比如,我弟弟做的榨菜肉末炒豌豆,榨菜肉末都切丁,豌豆为绿色,

第一辑 散文

拌红辣椒圈，红红绿绿，令人胃口大开，有榨菜的酸爽，有豌豆的爽脆，有辣椒肉末的香辣，令人久久回味。比如金钱蛋，每一个鸡蛋都炸得金黄金黄的，用细线切成一块块如铜钱大小，配上红色辣椒圈，金黄色与红色交相辉映。三是简约淳朴耐人寻味。我始终相信最美的味道当简约，繁花落尽见真淳，清清白白简简单单的，才有天高地阔余韵悠长的美。比如一个腌菜糖包子。腌菜一般是以前农家没肉吃时用青菜腌起来风干后做主食的。我上初中时天天喜欢吃这种腌菜糖包子，被同学嘲笑为"包子妇女"，这个绰号至今还记得，是因为那耐人咀嚼的甜包子如此特别、淳朴。春节回家乡，我又一口气吃掉了两个大包，久违的味道！

我是"米粉控"。以前外出上学下火车的第一件事就是吃碗米粉，吃完就解了馋瘾。自己负责选佐料和臊子：有红烧肉、排骨、牛肉、香肠、肉丝、猪心、猪干、萝卜、酸菜、榨菜、辣椒酱、红油辣椒粉、蒜苗爆辣椒，真正"一言难尽"。辣得花样繁多、凶猛；双手捧碗，缩起脖子、放开肚皮大吃，风卷残云般，吃完浑身通泰，抹抹那一嘴的红油，嘴唇辣得红成两片香肠，顽固的火辣辣的感觉，真是痛快淋漓。

浏阳蒸菜也是我所爱的。辣椒蒸油渣应该是小学时的记忆，那时，妈妈把切成块状的肥猪肉放在锅里炸油，锅里噼噼啪啪地响，散发出热腾腾的油香，有点油腻，却香甜、诱人。妈妈把油一勺一勺盛出来，最后锅底剩下"油渣"，小块，棕色，表层还残留一些油炸的小泡泡。我爱吃油渣，一小块一小块地捏着吃。妈妈也用红辣椒蒸菜吃，放点豆豉，拿来拌饭；有时把辣椒炒油渣放在早餐的米粉里，加上一些臊子，是一顿丰盛的早餐。妈妈做的糯米饭尤其香。用的油是她自己炸的猪油，一勺猪油放进热锅，轻轻搅拌，白色膏状的油，逐渐化开，油花四溅，放进糯米炒一会儿，加水用高压锅蒸，闻到周边的气味，把火关小，继续焖一会儿。妈妈十分谨慎处理火候，一点点脆脆的焦味儿，却不过火，稍不注意，就会烧焦掉。看到这碗糯米饭，我就想起小时候常常吃的味道，时空转换，快快下肚。

故乡的菜肴丰富多彩、变化多端，其中的乐趣，我儿时享用过。每年春节回家都再次邂逅，年年岁岁，当是留着我这一辈子的时间，慢慢体会、熟悉、分离、重逢。随着我人生的历练和起伏,它一点一滴、一盆一盆,一菜一肴,徐徐体会琢磨出属于自己的心得和滋味,真正是,趣味无穷!

卢书桃 湖南浏阳人,住在羊城。从事城市公共设施建设管理工作。爱文学、爱瑜伽、爱舞蹈,用文字记录眼前的生活,记录远方的风景。

第二辑 杂谈

汝之甘霖，吾之砒霜
——笑傲江湖的政治

林御文

笑傲江湖不仅是一部武侠小说，也是一部政治小说。

这一点，作者金庸也不讳言："这部小说通过书中一些人物，企图刻画中国三千多年来政治生活中的若干普遍现象……不顾一切地夺取权力，是古今中外政治生活的基本情况，过去几千年是这样，今后几千年恐怕仍会是这样。任我行、东方不败、岳不群、左冷禅这些人，在我设想时主要不是武林高手，而是政治人物。林平之、向问天、方证大师、冲虚道人、定闲师太、莫大先生、余沧海等人也是政治人物。"——《笑傲江湖》后记

整个笑傲江湖的政治格局，可以简单概括为：两种意识形态，三大势力版图。

两种不同的意识形态，也就是所谓的正邪两派。何为正，何为邪？书中似乎没有标准答案。在双方的眼中，永远都是自己为正，对方为邪。冷战时期，东西方两大阵营互相敌视，分别高抬社会主义和资本主义的大旗，自视代表人类幸福的方向。然而高喊着解放全人类的苏联变成了大国沙文主义的新沙俄，红色高棉屠杀了200万同胞，越南从被侵略者变成侵略者；同样高喊着自由民主人权的美国在越南洒下无数的炸弹和落叶剂，留下数百万计的尸体和数以万计的畸形儿。

名不正则义不顺。标榜正义，给自己戴上道德光环，从而让自己在对政治对手残

酷无情的斗争中始终可以心安理得，甚至扬扬得意，从来就是政治斗争中惯用的伎俩。正也好，邪也罢，双方的目标都是要一统江湖，让自己的政治意志和意识形态最大限度地扩张。他们所谓的正，更多是自己阵营中的互相吹捧和自我吹捧，不是法律，不是制度，也不是公理。

三大势力版图，包括日月神教、五岳剑派、少林武当联盟。青城派是有野心的相对独立小帮派势力，跟昆仑、峨眉一样都是依附在少林武当联盟体系下不坚定的加盟者。至于林远图、木高峰这些人属于独行侠，不属于这三大势力，政治能量有限，不具备政治玩家的身份和地位。

不止不同的阵营和意识形态间不共戴天，矛盾不可调和，各自阵营里面的政治斗争同样激烈和血腥，典型的就有日月神教里面任我行和东方不败的教主之争，还有五岳剑派并派之争。

日月神教内讧

日月神教任我行和东方不败的教主之争历时 12 年之久，可谓波澜壮阔，离奇曲折，血腥残酷，影响深远。

当权派与造反派之争，一把手与二把手的矛盾，是内部权力斗争的永恒主题。任我行、东方不败、向问天，三个同样霸气十足、不为人下的角色，是这场斗争的关键人物。

任我行作为起初的当权派，具有中国古典政治领袖的气质：野心勃勃，豪气万千，决断明快，意志坚定。任我行在第一任教主任期内对内施行群众路线，接地气，跟教内群众称兄道弟，毫无架子，一如中国古代农民起义初期的革命领袖；对外大力扩张，积极主动，坚决当头。当其时，日月神教兵强马壮，高手如云，对正派取得战略优势，处于攻势地位。仿佛消灭正派，一统江湖的伟大理想已经唾手可得。

可惜这个梦想终归梦碎，打破它的不是敌人，而是自己人，东方不败。

东方不败出生卑微，没背景，没关系，但天赋极高，是武学奇才，在练葵花宝典之前已经是江湖第一高手。能够从底层做到日月神教光明左使，乃至于副教主，当了接班人，处于一人之下万人之上的地位，靠的是他的能力和勤奋。

二把手加上教主接班人，地位尊贵，处境却极其微妙。东方副教主年富力强，无论才能、武功都不逊于任教主。东方不败当上副教主，是任我行对东方不败信任的顶峰，也是猜疑的开始。

东方不败没有等到任我行寿终正寝或主动让位，顺理成章地当上教主，而是终于当了造反派。一场政变，权力非和平交接，当权派成了阶下囚，造反派成了新的当权派。导致东方不败造反的，不是，至少不仅仅是他的政治野心，而是他的恐惧。功高盖主从来都是大忌，以东方不败的武功和才干，声望超过任我行只是时间问题，两个人从合作走向竞争也是逻辑推理上的必然。既然这样，那只能先下手为强，后下手遭殃了。

令人意外的是，政变出人意料地顺利，几乎兵不血刃，任我行被生擒，仅有极少数人知悉内情，既避免了一场内斗，又可以隐瞒自己不光彩的手段。东方不败得意之余，一定对任我行心怀愧疚：原来任我行不止对东方不败格外提拔，赠送镇教之宝葵花宝典，而且对东方不败信任有加，毫无防备！这恐怕也是东方不败没有杀死任我行，而仅仅把他囚禁起来的原因吧。

东方不败恐怕没想到，自己的一念之仁为日后的一败涂地埋下祸根。革命不是请客吃饭。权力斗争从来都是你死我活的零和游戏，对政敌冷酷无情是一个政治家的基本素养。任我行做到了，东方不败退缩了，所以任我行是真正的政治家，东方不败只是政客。从某种意义上讲，东方不败不是败给任我行，而是败给自己，败给那一丝残存的人性。

东方不败篡夺教主之位后，采取一系列措施巩固权力，包括宣布任我行暴病身亡，彰显自己继位的合法性，铲除异己，善待任盈盈和搞个人崇拜。

善待任盈盈，体现了东方不败高超的政治手腕。当其时，任我行虽败，教内

第二辑 杂谈

仍有大量忠实的支持者，而东方不败仅有童百熊等少数死忠，群众基础并不牢固。善待任盈盈——任我行7岁的女儿，加封圣姑。让任盈盈处于一人之下，万人之上的崇高地位，可以进一步摆脱自己篡位的嫌疑，也让任我行的支持者们安心，以消除他们的敌意，乃至争取他们的支持，团结一切可以团结的力量，可谓一箭双雕。

东方不败影响最深远的政治措施是搞个人崇拜。教主变成了圣教主，一字之差，从人变神，千秋万载，文成武圣成了标准的神教体。通过这类歌功颂德言行的日常化和仪式化，日月神教从一个政治集团蜕变成一个半宗教组织，教众变成信众。通过口服三尸脑神丹和造神运动，东方不败实现了对教众从肉体到精神的绝对支配，从此日月神教彻底丧失理想性，成了东方王朝。

任我行对东方不败的阴谋其实有所察觉，也采取了行动。把葵花宝典交给东方不败是一个阴险的阴谋，目的无非有以下几方面：

第一，传递东方不败一个明确信号，日月神教教主之位早晚是东方不败的，犯不着采用犯上篡位的极端方式。稳定东方不败的心，即便不能逆转叛变，至少可以再拖延一段时间。此时任我行正深受异体真气反噬之苦，争取多一点时间，自己成功练成吸星大法就多一分希望，到时候自己武功超过东方不败，再收拾他易如反掌。

第二，任我行深知练葵花宝典需先自宫。反正东方不败已经是武功天下第一，再练葵花宝典还是天下第一，对东方不败而言其实是有害无益。一旦自宫变成不男不女，东方不败将彻底失去领袖形象，不会再有感召力，也就在政治上没有威胁了。自宫的结果是增强了武功，却在政治上自废武功。

可惜聪明反被聪明误。任我行老谋深算却算错了两点。第一，东方不败的阴谋既然已经被别人有所察觉，那叛变就已经注定是箭在弦上，不得不发了。东方不败显然不会幼稚到相信任我行大发慈悲，原谅他的阴谋，而且以德报怨，再把教主之位传给自己。任我行的示好会让东方不败困惑，却不会让他动摇。

第三，任我行显然低估了葵花宝典的威力。按任我行的想法，如果自己练成吸星大法，就算东方不败练成葵花宝典也不足为惧。他错了。葵花宝典可以提升修炼者的等级，一旦练成就跟其他武林高手处于不同的量级了。如果把武功比作军事力量的话，那无论其他武功，包括吸星大法、独孤九剑都是飞机、大炮、坦克、军舰之类的常规军事力量，而葵花宝典却是核武器的战略军事力量。在核武器面前，再厉害的常规武器都是渣。黑木崖一战，任我行、向问天、令狐冲三大绝顶高手联手都打不过东方不败，要不是任盈盈取巧，恐怕任我行的复辟之梦只能化作泡影，梦断黑木崖了。

　　任我行最终在这次旷日持久的教主之争中笑到最后，固然是因为他政治历练更加老到，更加泯灭人性，也有很大的运气成分。天意如此，徒呼奈何！

五岳剑派的纷争

　　五岳剑派的内斗比其对手日月神教更加激烈和血腥，其焦点就是并派之争。五岳剑派，同气连枝，其实只是一个疏松的攻守联盟，政令不一，利益不同，各怀鬼胎，貌合神离，貌似人多势众，实则一盘散沙，战斗力可想而知。在与日月神教的争斗中，无论是为了自保还是为了取得优势甚至消灭对方，并派都是一个合理的选择。这个道理不止左冷禅明白，其他门派的掌门人何尝不心知肚明呢？改革人人都赞同，可是一旦改革触动自身利益，那必然雀跃的参与者要么变成反对者，要么变成旁观者。

　　五岳剑派中，嵩山派一家独大，所谓并派不是平等合并，而是嵩山派对其他四派的吞并。以左冷禅的武功、才干、野心和势力，并派后的五岳派掌门非他莫属，他是这种改革前景的最大受益者，所以也是并派行动的主要策划者和推动者。

　　只是左冷禅野心太大，不懂政治是妥协的艺术。在左冷禅的改革蓝图中，没有共同富裕的多赢，只有贫富悬殊的加剧，是一种赢者通吃的零和游戏。这样的改革对于其他四派掌门人这类既得利益者来讲毫无吸引力，是一种损害自身利益的灾难，与其说是并派，不如说是灭派。左冷禅在其他四派中难以找到同盟者，除了那些原来四派中政治上的失意者,如泰山派的玉玑子,华山派的封不平、成不忧之类的,在能力和政治号召力上都是边缘人物。这就注定左冷禅的努力必然事倍功半,阻碍重重,最终的功亏一篑也在情理当中。

左冷禅千辛万苦地耕耘,却让岳不群摘了桃子。岳不群在道德上被人诟病,戴上了伪君子的帽子。然而在政治上,岳不群的选择却无可厚非。归根到底,其指导方针是冷静观察、稳住阵脚、沉着应付、韬光养晦、善于守拙、决不当头、有所作为。这种策略的选择,固然有岳不群性格的因素,也是其自身武功和华山派实力不如人,硬实力不够硬的现状使然。

岳不群相对左冷禅来讲最大优势是其软实力。君子剑这响当当的名号在江湖上的分量,九成在君子二字,至多只有一成在剑上。

道德在政治上是可虚可实的力量。谦谦君子成不了政治家。温良恭俭让,最终让出了政权,落下个众叛亲离,各方皆不讨好的处境。

然而对于任何上得了台面的政治人物来说,道德又是不得不戴上的遮羞布。道德对政治人物的追随者具有感召力,也是其获得政治权力的社会基础。任其再怎么样满肚子来的男盗女娼,在公众面前必定满口道德文章。一旦在公众面前道德破产,其政治生命也必定终结。

岳不群为了加强硬实力,偷练辟邪剑法,而抛弃了软实力,伪君子面目被揭穿,结果得不偿失,到头来"机关算尽太聪明,反误了卿卿性命"。

少林武当的经营

与五岳剑派不同,少林武当理念相通,利益相同,势力相当,两派的结盟是稳定牢固的,堪称命运共同体。

虽然表面上都属于正派,实际上少林武当与五岳剑派并不属于同一阵营,两者的战略目标南辕北辙。左冷禅与任我行一样,都追求一统江湖,而少林武当则致力于维持现状。让各方斗而不破,避免自己成为攻击的目标。维持江湖上各种力量均势，确保自身的优势地位，就成了少林武当的战略意图了。

归根到底，少林武当代表守成势力，五岳剑派和日月神教代表新兴势力。相互之间的关系类似于近代日不落帝国英国与欧洲大陆上其他两个新兴强国法国和德国之间的关系。少林武当执行的实际上就是当年英国所谓光荣孤立的大陆政策，其目的在于阻止江湖上出现任何足以威胁自身安全的力量。在彼此敌对的日月神教和五岳剑派中，任何一方的强势发展都会受到少林武当的遏制。所以少林武当既对抗日月神教，又暗中阻止左冷禅的并派图谋。

对于少林武当来说，野心勃勃、蠢蠢欲动的左冷禅和张扬跋扈的任我行威胁同样明显而致命。

左冷禅、岳不群先后失败身死，任我行也突然暴病身亡，少林武当的威胁烟消云散了。假如任我行不英年早逝，他的佯攻恒山，突袭武当，伏击少林的计划得以实施的话，少林武当恐怕也要灰飞烟灭了。

少林武当的结局如此完美，侥幸成分太多。只能说不枉方证大师和冲虚道长长年累月的念经诵佛，终于菩萨显灵，太上老君保佑了。

余沧海的冒进和莫大先生的绥靖

余沧海是一个伊拉克独裁者萨达姆式的野心家，心比天高，命比纸薄。以青城派的武功和势力，能在暗流汹涌的江湖中自保就已经要烧高香了，却偏偏不安分，眼高手低，要加入争霸行列。有春秋时期宋襄公的野心，无宋襄公的仁义，格调之低，更加令人不齿。

小小青城派掌门余沧海觊觎辟邪剑法，大开杀戒，妄图称霸武林，其结果身败名裂，王图霸业化作南柯一梦，可耻可恨可叹，却不可笑。

与余沧海的野心勃勃、积极进取不同，衡山派掌门莫大毫无政治野心，处处消极退缩，却也一样难以独善其身。刘正风惨遭灭门，作为掌门人的莫大先生没有挺身而出，致使失去左膀右臂，衡山派无论实力或凝聚力大为削弱；左冷禅强推并派，莫大先生心有不甘，反对的力度却蜻蜓点水，左冷禅一句威胁，莫大先生立即退缩妥协，致使衡山派几乎被吞并，丧失主体性。莫大先生是一个睿智而软弱的人，可以做好朋友，却做不了好领袖；可以给朋友帮忙，却不能让手下依靠。在这个弱肉强食的江湖中，小门派处境尴尬，进退两难，无论余沧海的冒进还是莫大先生的绥靖，无论积极有为，还是消极无为，都难以摆脱人为刀俎，我为鱼肉的宿命。

政治精算师——向问天

向问天是笑傲江湖里面最复杂、最隐晦的人物，从某种程度来说，他比岳不群更加深不可测。

天王老子向问天，如此名号，怎么看都不像甘为人下的角色。外表桀骜不驯，豪气干云，忠心义胆，实则城府极深，老谋深算，别有用心。

在任我行与东方不败的权力斗争中，身为魔教三巨头之一的向问天洞若观火，作用举足轻重，行为耐人寻味。

作为任我行老部下，他在觉察东方不败发难在即之时，选择先行避开；在任我行被囚西湖湖底期间，他明知事出蹊跷，仍选择在东方不败麾下高居光明右使之位达12年之久，直到在教内被东方不败新宠杨莲亭排挤，自身难保，才积极营救任我行。

作为令狐冲的义兄，他欺瞒利用，成功营救任我行，更仅仅为了争取多一点隐瞒东方不败的时间，不惜用令狐冲顶包，代替任我行坐牢，致使令狐冲无辜受罪，身处险境。

说到底，忠义两字在向问天心中分量极轻，即便有，也只是合则用，不合则弃的现实主义的利用，而不是人生哲学和处事原则。

向问天的原则只有两点，一是对自己有利，一是对组织有利。前者让他可以背主卖友，心安理得；后者又让他大局为重，尽量维护日月神教的完整和团结，对教主之位无不臣之举。

这就是向问天，对他的评价必须超越忠奸好坏之分。他是一名天生的政治精算师，也只有他才能在风云莫测的政治斗争中挥洒自如，真正做到任我独行，立于不败之地了。

体制内外徘徊者——任盈盈

任盈盈从小就有体制内的政治身份。7岁那年，日月神教教主任我行被打倒，作为其独女的任盈盈却被篡位的东方不败封为圣姑，是教内除了教主之外唯一称圣的人，地位尊崇，可谓一人之下，万人之上。东方不败很精明，这样做只不过为了笼络人心，稳定局面，况且一个无依无靠的7岁小女孩地位再怎么崇高，也不会对自己造成威胁。

然而时间改变了一切。12年后，当年懵懂的小女孩长大成人了，聪慧，善良，大气。她用自己的善良拯救了大批江湖散人，成了她的忠诚拥趸，也让自己聚集了巨大政治能量，俨然教中的第二权力中心。

这样的地位其实很危险，政治悟性极高的任盈盈心知肚明，她选择离开，跳出体制内，隐居洛阳绿竹巷，远离烦人的政治喧嚣和混浊的政治空气，也避免了政治迫害。

直至自己父亲任我行重出江湖，任盈盈再难置身其外，再次回归体制内，帮助任我行复辟，并且在任我行暴毙后继位，当了下一任日月神教的教主。

任我行死后，其实向问天的继任顺理成章。但任盈盈依然选择继位，因为她不止有政治能量和政治才干，又有政治抱负。绿竹翁重新出山辅佐任盈盈，平衡向问天的影响，让任盈盈的施政带上强烈的个人色彩和烙印。三年后让位向问天，再次跳出体制外，固然是因为任盈盈并无政治野心，也是因为日月神教在任盈盈的领导下已经被成功改造，改变了魔教的性质，任盈盈的政治抱负得以实现的缘故。

这一次她终于彻底告别政治，归于山林。说到底，任盈盈是一个天生的体制内政客，更是一个本质上的体制外的隐者。

从体制外走向体制内——林平之

林平之本来是一个资质一般、品行端正的富二代，跟任盈盈不同，林平之没有政治资源和能量，也缺乏政治才干。

一场灭门惨案，让这个养尊处优的少爷一夜之间变成任人欺凌、朝不保夕的流浪汉，从无忧无虑的公子阿哥变成背负血海深仇的复仇者。无论从现实处境还是心理感受，都经历翻天覆地的变化和冲击，从此人生的基色从五彩缤纷变成一片黑暗。

"黑夜给了我黑色的眼睛，我却用它来寻找黑暗。"

连自己最信任最崇拜的师父岳不群都被证实只是一个阴险毒辣、处处暗算自己的伪君子，成了压垮林平之正确三观的最后一根稻草，林平之世界里的仅存的一点光明也最终幻灭了。他丧失了对人性本善的最后一点信心，也丧失了自己的最后一点人性本善之心。仇恨和人性丑恶如同地狱的勾魂者，既伤害了他，又改造了他，让他成为魔鬼的同路人。人性的林平之死掉了，魔性的林平之复活了。

刺死仇人余沧海的那一剑，是林平之道义人生的终点；而刺死爱人岳灵珊的那一剑，则是林平之政治生涯的开端。他需要这样一个投名状，与左冷禅结盟，以聚集力量，称霸武林。他对权力的渴望和贪婪彻底爆发了，猛烈而极具杀伤力。

"昔我往矣，杨柳依依；今我来思，雨雪霏霏。"林平之终于从一个体制外的无辜少年蜕变成一个体制内的嗜血政客。从此江湖少了一丝温暖和祥和，多了一份冷酷和血腥。

从体制内走向体制外——令狐冲

令狐冲的一生命运多舛，却又"官"运亨通。作为岳不群首徒，他一步入江湖就俨然有华山派掌门接班人的身份；被逐出师门，却意外执掌恒山派，与自己师父平起平坐。任我行、向问天诱之以利，劝他加入日月神教，当副教主；方证大师与冲虚道长晓之以理，游说他争夺五岳派掌门。

然而这一切对令狐冲来说，神马都是浮云。对权力无感的令狐冲和把权力看得比命还重要的任我行、左冷禅、岳不群们仿佛生活在两个平行世界中，有着两套截然不同的人生哲学和处事逻辑。在彼此的眼中，对方的行为都是多么荒唐可笑和不可理喻。面对权力的诱惑，他选择转身而去，自由才是他的方向。

狂热的江湖中从来不乏清醒者。莫大先生看得透，却放不下，因为他不够勇敢，潇湘夜雨，徒有自伤自艾；曲洋和刘正风看得透，放得下，却摆不脱，因为他们不够强大，曲终魂散，难免家破人亡。

体制如同黑洞一般，吞噬一切身处其中的万事万物。想要挣脱，必须有更加强大的精神力和硬实力，自由从来都不是免费的。

令狐冲能够最终从体制内走出体制外，笑傲江湖，是因为他是一个强者，不止生性无欲则刚，而且武功无敌天下，缺一不可。退出江湖的道路上，不仅有志同道合的同志，更有欲罢不能的冤魂。

第二辑 杂谈

不忘初心，相忘江湖
——笑傲江湖的爱情

林御文

笑傲江湖不只是一部武侠小说，也不只是一部政治小说，它也是一部成功的爱情小说。与金庸先生另外一部有名的小说《天龙八部》相比，《笑傲江湖》的爱情故事更加简单明了，却也更加单纯和动人。

相对来说，《天龙八部》的结构更加宏大，书中的爱情故事更加多样和复杂，正所谓"有情皆虐，无人不冤"。然而仔细品味，始终觉得《天龙八部》中的很多爱情缺乏深度，没有太大的说服力。比如段正淳和段誉父子所谓的多情和痴情，很大成分上是自私贪婪和不负责的，段氏父子与众多情人之间何尝有过精神层面的共鸣和互相欣赏？遇到这种男人，注定是悲剧的开始，而这种悲剧是对"女怕嫁错郎"错误的惩罚，是自我选择的逻辑结果，却不是希腊悲剧的宿命。它属于男女情爱，却不属于纯粹的爱情。

笑傲江湖的爱情故事主要围绕令狐冲、任盈盈、岳灵珊、仪琳、林平之五个人展开。可以简单概括为一条主线，两个帅哥，三个美女，四段恋情。一条主线当然是令狐冲的个人经历，四段恋情，分别是冲灵恋，平灵恋，冲盈恋和仪琳对令狐冲的单相思。

令狐冲不是一个高颜值的帅哥，更不是小白脸。长方脸蛋，剑眉薄唇，相貌一般，不算丑陋，也比不上林平之俊美。但气质和性格给他加分不少。令狐冲放荡不羁，豁达洒脱，淡泊名利，至情至性，看似"只求曾经拥有"的无行浪子，实为"追求天长地久"的痴情种子。

情必近于痴而始真——冲灵恋

令狐冲与岳灵珊是一对初恋情人。他们之间当然不只是兄妹之情，只是双方对这段感情的感受和付出并不对称。初恋，美好而单纯，令人难以忘怀。对岳灵珊来说，冲灵恋青涩而单纯，真实却不深刻，热烈而不持久。在岳灵珊眼中，令狐冲是一个有趣的玩伴和可亲的兄长，可以给她小公主般的呵护，却给不了可以托付终身的安全感。即便在两个人感情最奔放的时刻，岳灵珊依然不是令狐冲已知世界里最了解和信任自己的人，而这个人就是岳灵珊的母亲和令狐冲的师娘宁中则。在宁中则眼中，冲灵恋始终是不搭配的，好酒、放荡不羁的令狐冲并不是岳灵珊理想的伴侣。无论是宁中则还是岳灵珊，在其内心深处始终觉得岳灵珊的理想伴侣应该是岳不群的年轻版本。当更年轻、更俊俏、更稳重的小君子林平之走进华山的时候，冲灵恋无可挽救地走向终结。对于岳灵珊来说，这种所谓的移情别恋其实不是背叛，而是拨乱反正，她终于找到真爱，林平之出现的那一刹那宛如上帝的眷顾，充满宿命感。

爱情的理想是两情相悦，有情人终成眷属。然而理想很丰满，现实很骨感，更多的时候爱情是以悲剧告终的。我爱的人不爱我，爱我的人我不爱，我爱的人不能爱，相爱的人不能在一起……

万般皆是命，半点不由人。

失恋对令狐冲是一次精神上极其痛苦的涅槃，迈不过去，电闪雷鸣，风雨交加；迈过去，彩虹荡漾，云淡风轻。

令狐冲迈不过去。

他为情所困，自暴自弃。如果没有洛阳绿竹巷中"婆婆"对他的拯救，令狐冲早已沉沦为一个酒鬼赌徒而不能自拔了。

这才是令狐冲的本色。真性情,至情至性,痴心一片。

令狐冲为这段不成熟的感情付出自己全部的身心。这种真情一旦失败,心灵的受伤不止深刻,而且持久。假如冲灵恋继续发展下去,以令狐冲的性格,虽然会对岳灵珊处处忍让和保护,但其无拘无束的个性必然受到抑制,一定不会感到自由自在,爱情终将解体,最终真的变成了兄妹情了。而失恋宛如在令狐冲心头刺上一剑,让他需要更多时间去治疗心理创伤,也让岳灵珊的阴影在他心头徘徊更长的时间。孜孜以求的,渐行渐远;苦苦挣脱的,越陷越深。

明朝人张岱说:"人无癖不可与交,以其无深情也;人无痴不可与交,以其无真气也。"

情必近于痴而始真。对令狐冲而言,这一份痴情没有挽回岳灵珊的心,但他的真性情却赢得旁观者的心,包括读者,也包括绿竹巷深处的"婆婆"。他是值得深交的朋友,更是可以托付终身的伴侣。

衣带渐宽终不悔——平灵恋

岳灵珊是一个有争议的人,主要是在对令狐冲的感情变化被很多人诟病。其实这种指责对于岳灵珊并不公平。岳灵珊身为华山掌门的独女,掌上明珠,类似于现在官二代、红二代的身份,却一点架子都没有,对同门师兄弟都平等待之,这一点并不容易,却往往被人忽略。对比同样身份的任盈盈,在日月神教中是一人之下,万人之上,对属下有生杀夺予大权的圣姑大小姐,岳灵珊在华山派中只是一个平易近人,没有骄娇二气的公主病的小师妹。无论是令狐冲还是林平之,当他们开始在华山面对岳灵珊的时候都处于一无所有、走投无路的困境,而岳灵珊并没有因此嫌弃他们。比起现如今那些"宁愿坐在宝马里哭,也不愿坐在自行车上笑"的拜金女,岳灵珊的爱情观纯粹而端正,值得尊敬。单纯而善良,其实才是岳灵珊真正的特点。我们大可不必因为喜欢令狐冲就先入为主地指责岳灵珊。她的移情别恋不是水性杨花,相反,岳灵珊对林平之的爱情始终不渝,最终死在林平之之手却临终嘱托令狐冲照顾林平之,这一份痴情比之令狐冲有过之而无不及。

林平之到来之前,岳灵珊只是一个不谙世事的小女孩。她在父母、在令狐冲、在同门师兄们面前都只显露出撒娇、任性的女儿态。只有在林平之面前,她才表现出母性的一面。可以说,林平之的到来,让岳灵珊迅速地成熟,让她从一个小女孩转变成一个女人,尽管她至死都是处子之身。

林平之对岳灵珊有致命的吸引力。一方面林平之满足岳灵珊的恋父情结。岳不群不只是她的父亲,更是她的道德标杆和精神支柱。隐忍,稳重,从不油腔滑调的林平之身上隐隐有岳不群的君子之风,他才是岳灵珊理想中的终身伴侣。另一方面,林平之又释放了岳灵珊的母性。林平之不幸的身世,倔强的个性,让岳灵珊有强烈的保护欲望,从她一开始坚持要当林平之的师姐就可见一斑。从众人的小师妹变成林平之一人的小师姐,岳灵珊完成了从一个被保护者到保护者的转变。

岳灵珊对林平之的爱因怜而生,因理解而坚定不渝。

当林平之最终自宫,肉体和心灵都完全扭曲的时候,对其他人来说,世间再无人性的林平之,只有魔性的林平之,他从无辜少年一下子变成嗜血恶徒。然而对于岳灵珊来说,小林子还是那个小林子,他只是误入歧途而已,而这一切都是别人加害于他所导致的。林平之变得越坏,说明他所受的伤害越大,也就让岳灵珊越同情和理解,越是激发岳灵珊的母性和保护欲。于是林平之越想离开岳灵珊,岳灵珊就越离不开林平之,就算最终死在林平之的剑下,她也无怨无悔。

临终前的那没能唱完的福建山歌令人心碎,不忍卒听,但也让人欣慰。她是沐浴在爱的海洋中离开人世的,内心没有恨,只有爱,安详而平和。这山歌是一曲爱情的赞歌,爱终究战胜了恨。

半缘修道半缘君——仪琳的单恋

仪琳小师太自幼在恒山的无色庵长大，当尼姑只是别人帮她安排的一种身份，不是对人生大彻大悟后的选择。她外冷内热，有慧根，更有人性。

恒山净土的青山秀水养成她清纯脱俗，不食人间烟火；无色庵中的清规戒律又造成她与世隔绝，不谙世事。令狐冲的风趣、洒脱、男儿气概，与仪琳成长历程中所遇到的那些严肃枯燥的宗教女性们的面孔截然不同。他的出现，如同吹皱一池春水的春风，在仪琳平静的内心留下阵阵涟漪，再难恢复。仪琳那恒山雪水般清澈无瑕的眼里，很难理解这个世界的丑陋和恶意，如田伯光的色胆、青城派的狠毒、嵩山派的野心，却很容易去感受这个世界的美好和善意，如说令狐冲的侠义行为。她甚至过度解读了这种善意。对令狐冲来说，自己的拔刀相助是理所应当，无论是谁，只要有难，他都会挺身而出。而在仪琳心中，却自觉不自觉地把令狐冲的救难行为塑造为对自己的独一无二的付出。她无可救药地爱上令狐冲。

这份突如其来的情感让仪琳迷茫又自责。她如同一头误入丛林的小鹿，扰了精神，乱了信念，迷了方向丢了路。这种情感，对于一个情窦初开的少女是天性，但对于一个六根清净的尼姑却是原罪，让她陷入激烈的天人交战。说不得，甩不掉，剪不断，理还乱，才下眉头，又上心头。

她对令狐冲的感情出乎天性，难以自已，言行却始终慎受戒律，丝毫没有非分之举。宗教的熏陶没有扼杀她的天性，却也平复了她的悸动，化解了她的忧愁，最终仪琳的这一份自然、单纯而无我的单相思，化作无色庵中的轻烟一缕，木鱼声声。

令狐冲没有对仪琳产生儿女之情，固然与仪琳尼姑的身份有很大关系，让他不敢有非分之想。但更重要的是，仪琳这种单向的、无我的情怀并不能让令狐冲产生精神上的共鸣，他们之间注定不会有开始，更不会有结果。令狐冲需要的是一种平等的心灵契合，得之我幸，失之我命，如此而已。

直到洛阳绿竹巷中那悠扬的琴声不经意地飘来，令狐冲幸福的春天终于开始了。

心有灵犀一点通——冲盈恋

洛阳绿竹巷那平和悠扬的琴声，飘荡在令狐冲人生最失意惆怅的时期，仿佛一场及时雨，滋润复活了他干枯绝望的心田。

正如刘正风所言："言语文字可以撒谎作伪，琴箫之音却是心声，万万装不得假。"

《笑傲江湖》曲的大气磅礴，层次丰富，《清心普善咒》曲的平和宁静，淡雅清新，《有所思》曲的温婉含蓄，情真意切，何尝又不是弹奏者"婆婆"内心的真实写照？令狐冲天分极高，灵台清明，虽不识音律，却听懂了心音。他彻底被这个琴曲的弹奏者，一个素不相识的"婆婆"所折服。于是他毫无保留地将自己的痴情、苦闷、自责统统道出。两个人在初次相会完成了一次意想不到的心灵对话。在这不设防的交流中，彼此真诚相待，充分信任，从此心灵契合，琴瑟和鸣。

任盈盈的感情真切而稳定，她从一开始就认定令狐冲为终身伴侣。而令狐冲对任盈盈的感情却似乎有一个接受和升华的过程。他一开始对任盈盈的感情究竟是爱慕还是感激，似乎连自己都分不清。

令狐冲虽自称无行浪子，却对异性严守戒律，俨然有岳不群的卫道士君子之风。对岳灵珊只有开玩笑，连拥抱牵手之类的亲昵都不敢，对仪琳更是连玩笑也不敢开。唯独面对任盈盈，他嬉皮笑脸，放荡诙谐，不仅调笑挑逗，更是在第一次见到任盈盈的面容的时候就情不自禁地亲了一口。这种行为的反差，其实就是心里亲疏有别的投射。待之以礼，相敬如宾，意味着依然有心理隔阂。只有在真正恋人之间才能做到无拘无束，亲密无间。随着任盈盈的面纱揭去，清丽脱俗的面孔突然呈现在令狐冲眼前，那一种非你莫属的意念就已经在令狐冲心里不可撼动地确立。只是岳灵珊在他心里留下的印记太深刻，难以忘怀。于是潜意识帮他编织了一个所谓对任盈盈只是感激之情的借口，让他可以有更多的时间去抚平心理创伤。任盈盈的包容和耐心给了令狐冲充分的时间和空间。她是一个感情的智者，也是人生的赢家。

从本质上讲，任盈盈跟令狐冲都是隐士性格，同样向往自由自在，淡泊名利，心地善良，豁达大气。而性格上两个人却大异其趣。任盈盈理性冷静、矜持害羞，令狐冲却感性奔放、放荡不羁。有人说，性格相同的人可以玩在一起，性格互补的人却可以相处一生。令狐冲和任盈盈既在理念上志同道合，又在性格上互补搭配，他们注定是一对天长地久的神仙眷侣。

林御文，广州新海医院普外科医生，业余爱好历史和文学。

挡不住的诱惑

雷正辉

为了健康，跑步进入我的日常生活快两年了，我加了几个马拉松的大群，平时群里讨论跑步姿势、装备、PB（个人最好成绩）、新的感想，有时候竟然能让我热血澎湃，去尝试新的东西。我在这些跑友的身上感受到跑步的激情和互助，即使我跑得很慢，也能得到大家的鼓励。喜爱跑步，特别是热爱马拉松的人都有一种传教士般的精神，从自身所得所思到观念上的扩张，持续不断。

许多跑马拉松的人，他们的初衷是为了减肥。男的减肥，就是为了健康，降低指标，女孩子也是为了减肥，但是主要是为了体型好一些。而只是觉得跑步很酷，去参加马拉松的跑友，只占少部分。所以，男的三十岁往上才开始马拉松的人数不少。女的跑步体型完美的，也不是大多数，总之都在走向完美的路上。坚持长跑，减肥效果真的很好，体重稳降，稍稍忌口，体重不反弹，每天精神很好，最重要的是睡觉睡得更香甜。

跑步并不简单。跑步并不是穿上鞋，说走就走的小事，跑步同样讲究技巧。有些人开始跑了，到疯狂热爱，但是伤痛来时，好景不再。有些跑友跑得随意，跑了半年，竟然跑伤了，还是不可逆的。其实跑步，特别是马拉松，有许多现成的、已经验证是科学合理的跑步方式和能让你不断提高的经验，学习必不可少。马拉松也是竞技类项目，单纯为刷PB（个人最好成绩），必然会带来难以接受的结果。比如，热身，不能忽略！10分钟到15分钟的跑前跑后拉伸，可以防止受伤，同时帮助肌肉休息。

第二辑 杂谈

跑步会上瘾。就像我们平时，每天吃饭总要吃点蔬菜，不管是哪种蔬菜，如果不吃，会觉得肉吃太多，不健康。如果你跑步时间长了，就有这种感觉，每周不下楼去跑两圈，每次不跑个 10 公里，你的潜意识里就觉得：自己不健康，这样下去，你要完了，人在堕落。当然，我在观察这是不是错觉。

有些人不适合跑步。不讨论那些猝死的事，因为我到现在也没见到科学合理的解释。所有的知识都是在预防和将指标异常的健康人挡在门外，这个套路和其他未知领域的处理方式一样。我所说的不适合，是那些明显在锻炼的时候同样带来伤害的例子。比如，有些跑友跑长跑，真是体重过大，跑起来气势如虹，但是跑马拉松，一次时间几个小时，对关节的伤害不言而喻。同样，有些跑友太瘦了，即使总有人说，瘦好，体重轻，适合长跑，但直觉上，瘦的人不能及时补充能量，一样危险。

充分休息好，再去跑。休息不好，心脏压力大，我在睡眠不足的时候尝试过 10 公里，疲劳感来得更快，感觉并不舒服，明显违背了健康的初衷，如果痛苦得无以复加，需要毅力去坚持，我想说，你先暂停，休息休息，准备好了去跑，你会跑得很愉快。同样是为健康，为什么不能选择身体在相对舒适情况下去完成你的目标呢。

另外，据我这个业余者的观察，运动饮料除了补充微量元素，能恢复体力，可能还会给心脏造成压力。同样，我观察过跑 10 公里，喝 500 毫升运动饮料与完全不喝，跑的差异。喝后，成绩更好，跑时轻快有力，但三四个小时后的疲劳程度更甚，运动饮料可能有帮助心脏超频的作用，像兴奋剂，所以我现在从来不喝。

贵在坚持。说出来谁都明白。但我想说，跑步离我们并不遥远，坚持也不难，天天跑可能没时间，隔天跑，或者隔两天跑，则很容易上道，也让身体张弛有度。观念上，别把跑步当任务，想着健康，坚持下去。高兴了，10 公里，没时间，5 公里，要是觉得太远，2 公里可以吧，如果还觉得跑不了，走 2 公里可以吧。走都不想走，那惦记着别忘了，惦记的次数多了，总要给自己一个交代。

现在，换上鞋，出门……

青色山河

纬度相异的生命，何以共存

雷正辉

生命只分两个阶段，现在之前和现在之后，我喜欢这个论断。过去的事情，喜悦和忧伤都已难以握住，之后的事，尽力做到自己过得去内心，犯过的错谁又能说自己不会再犯，别太自责就好。

生命，对不同的物种是不一样的，比如长短。大象和蜂鸟的寿命走向了两个极端，他们的时间纬度不同。大象迟缓，60年的寿命；6个月寿命的蜂鸟，用敏捷都难以形容，每分钟振翅超过2000次，每秒30余次，人的眼睛对视网膜成像滞留时间0.1秒，也就是说，我们的眼睛辨别不出蜂鸟的振翅。反过来，最迟缓的大象想踩到人，也不太容易，这就是自然的奇妙。我们和大象、蜂鸟生活在一个世界，却又无法完全有能力相互看明白。共生并存，尊重谦虚即好，不了解的事情，大惊小怪也无意义。

社会是个人类森林，丛林法则在这个世界一直大行其道。人看似外形形态相同，但家族、历史、成长的人文环境却相差甚远，有些人被培养得实力超然，有些人却变得道德卑微，这个现实难以改变。人类追求公平，正说明人类生而不平，但要共生，却要找到都可以达成共识的生存方式罢了。

《道德经》上所指"万物作焉而不辞""希言自然"，就是要我们各行其道，我理解为即使穿越森林，周围有猛兽、毒蛇、小兔、鲜花，都遵循他们固有的存

第二辑 杂谈

在，根据人、自然的需要，改变和尊重相取用。因为我们的社会，你所经过的地方，为了基本生存之需，你可能火中取栗，也可能唾手可得。我们社会丛林之旅，挥手请走路上的蜂鸟，避让超级巨大的大象。

双城记
——新加坡和香港

周　川

2009年7月，我拿到了新加坡某局的offer，借道北京，飞往新加坡。命运弄人，从未想过我的第一份工作竟然距离赤道只有5度。

人生的轨迹，有时候是随波逐流的按部就班，有时候却只是一个念头一蹴而就地改变。2011年7月，我决定启程回国，落脚香港，在这个曾经的大陆之窗停留下来。

都是客居异乡的相同感受，又都是华人为主的社会。我会情不自禁地将两者作比较。160年前，英国作家查尔斯·狄更斯写了法国大革命下的两座城市，而我在这写的，却是我经历的两座城市。

当你靠得太近就想远方，当你离得太远就想靠近。

香港沉淀了百年殖民文化的城市。它发达，制度完善，言论自由，但是阶层固化，寡头垄断，商人治港，我想把香港比作一个大公司最贴切不过。财富分配的不均，更让阶层有撕裂的原因，你可以看到穷到连出门车费都付不起拿社会综援的老头，你也可以看到花2亿在养和医院续命的另一个老头。但是你不得不佩服，无论是住公屋里的老头，还是住养和医院高级私家病房的老头，香港人均寿命全球第一。

第二辑 杂谈

新加坡更像是一个自力更生，在丛林法则的支配下从弱变强的创业者，小心翼翼地经营着自己的营生。人民团结和善，财富分配由政府把持，精英治国，除了首脑的高额薪资，唯一获免公布财务年报的国家投资机构淡马锡让人捉摸不清，社会还算清澈，廉洁度很高。

《侣行》中的张昕宇说过，了解一个城市，从他的市场开始，而我，却是从餐厅开始。

我对新加坡的第一面是从楼下的印度餐厅开始，虽是大名鼎鼎的印度咖喱餐，可惜当时我们心里并不以为意，味蕾仍停留在大学食堂的我们问老板要了杯水漱漱口。当豪爽的印度老头拿出一个塑料杯接了满满一杯的自来水，笑容可掬地递到面前，咧开的唇下露出了咖喱浸润的黄牙告诉我们这水免费的时候，我惊呆了。后来我才知道，原来新加坡的自来水是把污水处理过后的中水，皆可饮用。

我想也许你不努力会被淘汰，但是你努力了可能也只能喝着中水，咧着嘴，吃着咖喱，喊着再来一杯。社会的顶层已经被设定，你的收入已经被规划。政府甚至连新加坡人的结婚生子都要催促，以免出现人口负增长。也许很多人的梦被扼杀，但是更多人的梦被拯救。

时光转移，我坐进了香港的茶餐厅，初来乍到讲着普通话的我问餐厅的大妈要杯水，只见她一脸嫌弃地用臂膀转来一杯不温不热的开水，迅速摔在桌子上，似乎永远忙碌地走掉。我原以为这是因为我操着一口大陆口音而遭到的歧视，但是后来发现这些大妈其实对谁都一样，好像永远处于更年期——她们的逻辑也许是，你只来一次，那么我对你好没用，如果你来多次，证明我们这里的食物很好，我对你好更没用，总之，没人规定我要对你好。

香港人比新加坡人勤奋、守法、拜金，而新加坡人比香港人大方、包容、局气。很难一言去概括这两个华人社会，有种种不同却又有诸多相同。

前几天在茶餐厅吃饭，一位素昧平生的阿婆坐到我对面，诉苦问我要吃饭钱，本想装作听不懂粤语说普通话搪塞，但是不忍，想了想，还是翻开钱包，找来找去，只有5块钱新加坡币的散钱（一次新加坡朋友来访跟他换来留念的），犹豫了下，还是给了阿婆，告诉她可以去银行兑换 30 元左右的港币。阿婆走后，我脑中突然闪出一个画面：多年前在新加坡文庆的一个烈日炎炎的下午，也是一个阿婆，截住去路问我要几块钱吃饭，当时我并没有理她而是径直走去。我想，大概是老天爷让我那天没给出的新币，在这次给了出去。

第二辑　杂谈

静谧之力

周　川

  推开阳台的门，我坐在格林德瓦的梦幻山坡上，远处的雪白的少女峰（Jungfrau）在斑斓的云朵下忽明忽暗，视线收近，艾格（Eiger）山拔地而起，层次分明的巨石如同粗壮的肌肉，挡住了身后来势汹汹的雪山巨人。我仰望着她，看着近在眼前的两千米高差，不禁心生敬畏，压抑与自由互相地转换，在乎于视线的远近高低，在乎你的平躺还是俯视。

  这是我到瑞士的第 7 天，一路走来，我坐过飞机、火车、汽车、巴士，穿过溪流、湖泊、高山、草原。当这一路的美景已经快让我窒息时，德语区的安静更让人觉得连呼吸都是喧嚣。（据说瑞士有人因为 10 点后用冲水马桶而被人报警扰民）

  此刻我忽然想到的是，与我分享过这些美景的人们。

  苏黎世理工刚刚毕业的阿尔伯特·爱因斯坦，也应该在年轻的时候来过我这里，也许他曾在去往少女峰的火车站买过一杯热可可，思考着他即将于 26 岁那年发表的奇迹四论文；抑或也曾在梦幻山坡上像我一样躺着仰望星空，赞叹自然之震撼时想到相对论里面光速不变的假设。

  而长眠在莫尔日（Morges）郊野那方翠绿的花园里的奥黛丽·赫本，大约也会在日内瓦湖畔望着粼粼波光，手边翻着蒂凡尼的早餐，直到映红天边的云彩；也会在沃韦（Vevey）的葡萄梯田里穿梭游荡，品尝着闻名于世的白葡萄酒佳酿。

有幸的我在瑞士都经历过这些事情，我无法确定他们当时行进的轨迹，但是我们的情感应该有过相同的交汇。

历史是任人打扮的小姑娘，但是高山不是，草原不是，湖泊也不是。有些事情在历史的汪洋大海中被淹没褪色，但是有些信息，却在自然的鬼斧神工中永存。也许美景不一定能让恶人变善，让死者复生，但一定能让人有一刻沉浸其中，我们不一定有相同的人生观，但是对于这些风景中蕴藏着的静谧之力却有相同体验。

借着这静谧之力，我有幸与那些健在抑或往生的人进入了同一种状态。在这个共同的交点，用相同的视角看待事物。时空的穿越让人有一种错乱，间隙中就像灵魂附体，通灵宝玉。

这就是最真实的一手历史，胜过日夜的考演，是不断重复的而且崭新的感觉。

不必书写，他将永存。

周川，2009年毕业于北京交通大学，毕业后辗转于南洋，曾就职于新加坡陆路交通管理局，之后返港。于2012年毕业于香港大学，留港就业，在奥雅纳工程等公司就职。2016年起加入英国保诚保险公司。钟爱阅读与写作，希望以文会友，相互学习。

第二辑 杂谈

美国行记

刘权厚

2014年夏,镁婷随妈妈前往美国生活学习,我们隔洋而居,牵挂和思念常在心间。感恩节前夕,我安排好父母和工作,飞抵太平洋彼岸。相聚的日子笑声连天,难忘的场景历历在目。

初抵新大陆

前往美国深造是镁妈多年夙愿,似乎喝点洋墨水才算是对博士学位的有益补充和完善,为此她准备了很久,更重要的是恰逢镁婷八九岁的年龄段,这个时间段在英语环境中生活有益于今后的英文学习。尽管我知道她们的离开使我们都得承受相思之苦,但为了她们的未来更加美好,我依然送她们登上飞往美国的航班。

过去十年,印象中我们分开时间最长的一次是我在医院里陪护镁婷爷爷一个多月,而镁妈和镁婷需要上课未能回去,而这次隔洋而居快五个月了,思念与日俱增。网络时代的今天,沟通方式虽然多样,但总缺少相伴身边的呵护。工作岗位的改变,我的责任更大,也很不好意思向领导请假,行程也就一拖再拖,直到11月底才到美国伊利诺伊州。飞抵奥黑尔国际机场后转地铁到芝加哥联合火车站,再乘火车到马顿,镁妈和镁婷到火车站里接我,火车刚停,她们就出现在站台上。甜蜜的拥抱后镁婷拉着行李箱在前面带路，我们很快就到查尔斯顿，一个仅有两三万人口，依附于一所大学而建立的小城市，也是美国众多查尔斯顿市中的一员。

近24个小时的旅程，还未倒时差，我实在太困了，到达她们的公寓已经很晚了，在哪里睡觉成了一个伟大的抉择！镁妈和镁婷为了互不影响休息，各睡一床，我睡哪呢？作为资深帅哥，美女个个喜欢，都要抢着跟我睡，而我只能选择最漂亮的那个。估计刚倒到镁婷床上，我就鼾声四起。不知过了多久，我被镁妈唤醒，原来她还未睡，她责怪我还没做完作业怎么就睡着了。次日早晨，镁婷见我不在她的床上就问妈妈："你啥时候把爸爸抱走的？"我好不容易才减到88公斤，怎么随便就被抱走了呢？

伊利诺伊州号称草原之州，所能看到的除了蓝天白云，还有一眼望不到边的良田和大片的草坪。镁婷带我去学校周边转了转，因为感恩节放假，所能见的人极少。我唯一的感觉是与世隔绝，除了她们娘俩，连个聊天的都找不到。这就是镁妈所说的世外桃源，说是做学问的好地方。幸亏镁婷伶牙俐齿，陪我看书学习，让我忘记寂寞。过了好几天，我的时差才彻底倒好，和镁妈一起去实验室、图书馆，和镁婷去超市，去所谓的一个人都没看到的市中心，我们还去了镁婷上学的小学和附近的教堂。所到之处，除了干净就是整洁，垃圾分类也非常规范。因为室外温度低，不适合长待，大多数时间只能待在公寓里，我所能做的就是帮镁妈准备美味佳肴。

这里虽然只有300多年的历史，但早完成发展到发达的转变。作为一名工程技术管理人员，在我眼里，无论是铁路还是公路，该修的已经修好，该建的已经建成。居民楼更没有必要建成高层，因为很多别墅空置待租，300多平方米的独立别墅，连同周边大片草坪和树木，售价也就200万人民币，这点钱在广州市中心连个小两居房都买不到。随处可见的是完善的交通设施和非常人性化的设计。例如道路两侧均有专门的自行车道和人行道，每个十字路口，都有红绿灯。无论是停车场还是门前的草坪，都设计为四周高，中间集水点低，汽车是不会有泡水的机会。有人活动的区域，每隔很短距离就会有一个紧急呼叫按钮，发生任何意外只要按按钮就会有消防或医护人员前来救急。令我意外的是，很大的一个足球场，也许很长时间不会有人来运动，但是周边的休息亭、更衣室、厕所，还有自动售货机一应俱全，我很怀疑自动售货机的销售额能否足够支付设备的电费。

初抵新大陆还有一个感受，那就是干净。抛开国际机场不说，火车站、商场、图书馆、教堂都干净整洁，而且安静漂亮，不管在哪儿都能很容易地找到厕所。厕所里干净得更让人怀疑，我想不是冲厕所的水有魔力，而是人的素质在作怪。

精致的小屋

镁婷所住的小屋是大学免费提供给镁妈的公寓，距学校实验室和教学楼也就五六千米。因为大学没有围墙，很多主要道路从校园穿过，所以很难界定是在校园内还是校园外。地广人稀的美国，公寓更没有必要建多层，每排公寓门前都有近千平方米的草坪，还有许多参天大树。与中国园林绿化所不同的是，这些树木并非高低相同，并非品种一样，也不是在同一条直线上。镁妈说，秋天那里的树叶有红色的、黄色的，特别迷人，就像一个梦幻般的世界。

小屋约30平方米，空间利用让我惊叹！客厅、卧室、厨房、卫生间一应俱全，似乎凡所应有，无所不有，客厅和卧室的部分还铺有地毯。客厅里有沙发、电视和电视柜，一侧紧邻窗户，一侧是书柜，沙发本来就是一张沙发床，拉开即可睡觉。另一个窗户前紧挨着一张书桌，书桌旁是单人床，紧挨着床的是大衣柜。衣柜、书柜、书桌的抽屉大小不一，数量有十几个，可以将所有物件分类存放。单人床边的衣柜分上下两层，除了衣服和被子外，还可放三个大拉杆箱。不过我觉得空间利用得最好的是敞开式厨房部分。约2平方米的空间，冰箱、烤箱、微波炉都有，还有四眼灶可同时煮饭、烧水和炒菜，热水24小时供应，垃圾桶藏在洗碗池下。油烟机非常高效，在敞开式厨房里做饭，房间里也闻不到油烟味。灶台上部的橱柜可以储存很多厨具和生活用品。炒好的菜一转身就可放在餐桌上，再走两步就是洗手间了。狭小的洗手间里有一个大浴缸，坐便器前摆放着一个约9平方分米的小桌子，上面可以摆很多书籍或报刊，即使蹲马桶的那点时间也可以享受精神食粮。拖把、扫帚都有指定位置，厕所门口紧挨着墙还有一个杂物柜。连同书桌前的椅子，公寓里共有三把椅子，这似乎考虑了一般一个家庭到这里也就三个成员。小屋里各种灯具有七八个，除了书桌上的台灯外，其余位置是固定的，可以根据不同需要开启。出门前可以在房间里打开门外屋檐下的灯，当然在屋外也可以关掉。屋里的无线网络可以随时畅游任何一个网站，了解自己想知道的信息。几百个字很难说清楚小屋的精致，我赞叹的是老美的设计理念及人性化。例如沙发不是单独的沙发而是沙发床，屋内只有三把椅子，不是两把或者四把，似乎再多一把就没有地方可放，少一把则得有人站着吃饭。差点忘了一点，在客厅和卧室之间还有一个竹帘，晚上休息时可以拉上确保空间的独立性，白天拉开更显得空间宽敞。

学校里大多建筑都是一百多年前的产物，公寓至少也有七八十年，或者更长的历史。几十年或者上百年前，老美能将一间小小的公寓设计得如此精致，我不得不用上惊叹二字。

难忘的旅程

到了美国，若要一直待在屋里就和去广州周边度假没啥差别。美国号称全球老大，其霸主地位在一定时期内其他国家很难超越，一些耳熟能详的旅游景点一直在我脑海里徘徊，但因天气原因我们12月初才开始旅行。

第一站芝加哥。又去马顿搭火车，搭乘的是同一趟列车，但这次因为有美女相伴，感觉不一样。第一天中午到达芝加哥联合火车站，午饭后前往号称世界三大美术馆之一的芝加哥艺术博物馆，那里展示了来自世界各地的、过去5000多年来的艺术瑰宝，拥有巴黎以外最多的印象派和后印象派绘画，门口的两个大狮子已经在那里蹲了120多年。除了油画，还有雕塑、摄影、玉石、陶艺等。当然

第二辑 杂谈

啦,任何一个有名气的博物馆里都少不了中国国宝级的文物。游客不少,镁妈勤奋好学的品质随时体现,她想将里面所有的作品看个遍,而镁婷在里面跑来跑去,我都不知道该怎么控制进度。我觉得最重要的是要看好我的宝贝,不要走丢,至于艺术馆里的宝贝不管怎样也不会让我带走。若要用三个字高度概括芝加哥艺术博物馆,我就说:"看不懂。"因为第二天早晨6点飞纽约,加上北方的冬天天黑得早,下午4点街上的路灯就全亮了,我们得赶紧找预订的酒店。一切还算顺利,在别人的帮助下,我们到达了离机场只有几公里的酒店。

  第二站纽约。第二天早上9点我们就到达拉瓜迪亚机场,出了机场该去哪里呢?都知道纽约的地铁四通八达,若要找到地铁站,我这个地铁专家就该知道去哪里怎样走了。11点前后我们乘地铁到曼哈顿,但天公不作美,下着沥沥细雨,因前一晚在酒店随便凑合了一下,这时胃里发来信号,该补充能量了。我们先乘地铁去了华尔街,那应该是纽约最有名的地方了,"牛"就在那里,而且那里离"9·11"遗址不远。人生重要的事情有千万个,其实最重要的只有一个,我们在一家华人餐馆解决了吃饭问题。华尔街周围高楼林立,街道上的人就跟蚂蚁一样。我总算是看到很多人了,可是纽约的800多万人,哪个可以跟我聊天呢?据说纽约街头流行着700多种语言,不同肤色、不同着装的都有,我才理解了国际化大都市的真正含义。我们冒着细雨参观了"9·11"遗址,也感受了一下美国文化。下午4点前后,我们乘地铁去唐人街找预订的酒店。唐人街是华人聚集地,到处可以看到中国字,耳边随时能传来粤语或者闽南语,但那里好像一个大批发市场,没有什么新鲜感可言。走了多半天路,实在是累了,在酒店里休息了一会儿后,我们下楼找吃的,也就晚上八九点的样子,意外的是小饭馆都打烊了。幸亏背包里还有饼干、水果。我觉得靠两条腿丈量纽约不是一个明智的选择,就和镁妈商量,报旅行团前往华盛顿。我实在太困了,镁妈借助网络研究攻略。

  第三天我们一觉睡到晌午,吃完饭后步行前往布鲁克林大桥。布鲁克林大桥横跨纽约东河,连接布鲁克林区和曼哈顿岛,历时14年建成,当时号称世界第八大奇迹,至今已130多年。它虽然只是一座桥,但如今除了通行的功能外,还成为一个旅游景点，每天游客如织。当天天气晴朗，碧空万里无云，步行在布鲁克林大桥上远眺自由女神像，美景尽收。若要说纽约是美国城市的代表，那么曼哈顿则是纽约的代表。我也去过北京、上海、香港、澳门，还有北欧数国，但哪个城市能与纽约匹敌？没有。现在没有，将来一定时期内也难有，这就是老大的地位。下午我们去时代广场、第五大街溜达，又步行到联合国总部前，只能转转，不能进去。纽约街头随处可以看到成群结队的鸽子和小松鼠，镁婷总想与它们进行深入的交流，无偿贡献背包里的美食。时间总是有限，每天都找酒店，天黑了就不方便了。为了次日出行方便，我们预订了法拉盛的凯旋华美达酒店，听说那里的早餐很中国，结果没看好地图，提前下了地铁，又耽误了些时间。当晚在法拉盛美餐一顿。

　　第四天又是清晨起床，来不及吃酒店的早餐直奔集合点，集中乘车前往费城和华盛顿。坐地铁很有局限性，坐大巴才可以看到美丽的纽约市容，远眺帝国大厦。几乎每分钟都有飞机降落，每天会有多少人到纽约呢？早上8点前后我们到唐人街，11点多到达费城。费城是美国最具有历史意义的城市，是曾经的首都，独立宣言在那里通过，还诞生了第一部联邦宪法。独立广场和自由钟是必看景点，还有美国第一任总统华盛顿当年用过的厕所。午饭后驱车华盛顿CBD，看航空航天博物馆、总统蜡像馆、白宫和林肯纪念馆，远眺华盛顿纪念碑。半天时间只能走马观花，据说那里有十几个国际顶级博物馆值得去看，但只能留下美好的思念，期盼下次光临。当晚下榻的酒店离华盛顿市中心约一小时路程，但酒店设施很好。

　　第五天早饭后直奔国会大厦。国会大厦1793年9月18日由华盛顿总统亲自奠基，1800年投入使用，它是民有、民治、民享政权的最高象征，也是美国的心脏建筑。没想到这个心脏建筑可以让游客，而且是外国游客免费参观，当然啦，为保安全必要的检查还是有的。国会大厦内部可以用富丽堂皇来形容，外部规划布局堪称完美，似乎无论从哪个角度取景，都会拍到称心的照片。大厦东面的大草坪是历届总统举行就职典礼的地方，也是游客随意参观和照相的地方。两个多小时的参观令我了解了美国的历史，也理解了什么是民主，什么叫自由。中午饭

第二辑 杂谈

后我们返回纽约，沿途一路高速，虽然看不到秋天的美景，但也别有一番风味。因为我们报名晚，座位被安排在大巴的最后一排，但最后一排的最大优势就是一人可以独享多个座位。在中国长途旅行中坐在大巴的前面和后面是有明显的区别，但是这次长途旅行，虽然坐在最后，但颠簸与我无缘。大巴在高速路上飞驰，也经常变换主干道，但少了中国高速公路缴费的那些关口，而且设计标准较高，所以无论坐在哪里都很平稳。我们晚上7点前后再过荷兰隧道，到纽约唐人街，再回法拉盛。那天晚上在雨中行进，到法拉盛找了好久才找到酒店，也吃到了中国风味的包子。为什么要特别提荷兰隧道呢？荷兰隧道是哈德逊河下连接纽约曼哈顿和新泽西州泽西市的一条沉管隧道，1920年开工，1927年通车，至今仍然是纽约通往新泽西州的重要通道。而中国大陆首次采用沉管法设计施工的大型水下隧道是广州市荔湾区的珠江隧道，也号称世界领先水平，1990年10月14日才开工建设，整整晚了70年。

第六天早晨又赶早班机，7点钟离开酒店，这个时间酒店才开始供应早餐，传说中凯旋华美达的美味早餐只能以后再去品尝了，当天上午我们返回芝加哥，飞机上看到的密歇根湖宁静、幽蓝。第一要务仍然是解决温饱问题，我们搭乘地铁直奔芝加哥唐人街，小餐馆8美元的小炒很地道，也很足量，两个菜就足够三个人吃了，因为那里很冷清，我们转了一会儿就前往市中心。芝加哥号称摩天大楼的故乡，市容最漂亮的地区是密歇根大道，它的宽阔、豪华不亚于巴黎的香榭丽舍大道，被誉为"华丽一英里"，据说"大豆子"就在那附近。我们冒着严寒在千禧公园周围转了近一个小时，愣是没找到"大豆子"，未了心愿，我们步行到密歇根湖畔。一眼望不到边的湖畔只有我们三个人的身影，只有湖中的几只水鸭向我们问好。尽管当日清冷，但是周边的设施仍然让人能够想象夏日里的繁华。功夫不负有心人，下午3点前后，总算找到了"大豆子"。"大豆子"大名云门，据说雕塑的灵感源于"液态的水银"，由168块不锈钢板焊接而成，表面异常光滑，完全看不出任何接缝，城市的高楼大厦和天际线倒影在它身上，形成独特的扭曲画面，非常奇幻美妙。到芝加哥和"大豆子"合个影就跟去华尔街和"牛"

合个影一样令人神往。我们还想去海明威故居、林肯公园、西北大学等地,镁婷还想去麦当劳总部,但由于天太冷,又黑得早,找到酒店休息才是正道。那晚我们选择了希尔顿旗下的酒店,算是高大上了一夜。旅行是为了放松,何必把自己搞得那么辛苦?当天下午5点我们就进酒店休息了,吃爱吃的饭,做爱做的事。

第七天早晨下着细雨,屋外寒风凛冽,好像是老天要让我们在酒店里多逗留一会儿。10点多我们才出门,步行20分钟到海军码头。海军码头是一个很有历史意义的建筑,1914年开建,1916年投入使用,是当时世界上最大的码头,第一次和第二次世界大战期间曾作为海军训练基地和使用基地,现在是芝加哥最著名、最热闹的游乐场所。因为紧邻密歇根湖,年观光人数高达700万人次,但那天因温度的原因游客稀少。我们冒着细雨绕码头转了一圈,朦胧中照了很多照片,让镁婷最为开心的仍然是在码头门口喂一群我叫不上名字的飞禽。步行在"风城"的大街上,我们感受着凉快与繁华。卢普长一公里多,跨七个街区;宽不到一公里,跨五个街区。虽是弹丸之地,却是"世界最富有的地区"和"世界最繁忙的地区"。面积仅占全市的1%,却集中全市约1/6从业人员,风格各异的现代化高层建筑密集,成为名副其实的"小纽约"。当天下午我们要乘火车回马顿,下午3点半到联合火车站,晚上8点平安到达查尔斯顿的小屋,愉快的旅行圆满结束。虽然还留有遗憾,但为再次美国东部游留下了充分的理由。

离我回国的日期越来越近,我们更珍惜团聚的每一秒钟。每天早晨我送镁婷去上学,叮嘱一些安全事项,再看着载她的校车远去。镁妈为了陪我,连续多日没去实验室。我们也有幸听了镁婷老师的一节课,讲的是华盛顿的英勇事迹和圣诞节的故事,我还随他们参观了大学里的电视台和广播电台,体验了一下当主播的感觉。12月中旬,我按照预定行程回国,镁妈和镁婷继续留在那里,誓把大雪看个够。

快乐的镁婷

镁妈怀孕期间,我一直逗她开心,她觉得我很逗,所以镁婷未出生前我们就

第二辑 杂谈

给她取名逗逗。镁婷给我们带来了无限欢乐，凡是她在的场合，时刻充满笑声。她每天乐呵呵的，似乎没有烦恼可言。记得她还在国内的时候，有一次我惩罚她让她去洗碗，目的是让她体验劳动的艰辛，但她好开心，觉得又多了一次玩水的机会。她随妈妈出国，我有很多担心，一是担心她初到异地，人生地疏，难以适应；二是担心她落下国内的课程，毕竟一年时间不能接受国内老师的系统教育。没想到她刚到美国就去上学了，很快就跟同学们打成一片，即便是语言不通，也玩得不亦乐乎。有一次我跟她聊天，问她班里同学相处是否融洽，有没有吵架的，她说："有啊。"我问她为什么？她说："他们都争着要和我做好朋友，争着争着他们就吵起来了！"

9岁的镁婷，身高150厘米，言行举止很大人。她遗传了甘肃人民的优良传统，心地善良、热情好客。她懂得照顾别人、帮助别人，而且将能帮助别人作为最大的快乐，更会用帮助别人来展现自己的才能。我从中国带给她的美食，她自己舍不得吃，但毫不吝啬地跟朋友分享，家里来了客人她端茶倒水，又备水果。镁妈说，在待客方面她自愧不如。我在美国的日子里，镁婷和我一起骑单车去附近的公园，一起在草坪上奔跑，一起去超市，还充当我的向导，代我与老美沟通。她能中英混合将所见所闻讲得绘声绘色，引人入胜。纽约旅行中，她始终背着自己的背包，很早起床，她毫不拖拉，面对雨淋，她毫不埋怨。每到一处景点，她总要三连拍，还要跟爸爸合影、跟妈妈合影，再充当小摄影师，为我和镁妈留下美好的回忆。每当我说"给哥来一张"，她总会要回"给姐来一张"，惹得游客哄堂大笑。她在旅行大巴上为陌生游客讲故事、说笑话，成为大家的开心果。

为了让她赶上国内学习进度，我寻找课件和电子教材，面对音频录制系统，将三年级语文和数学上下册的内容全部讲了一遍，录制成视频文件。大家都说美国是素质教育，小学生的主要任务就是玩，让孩子们有一个快乐的童年。中国虽是填鸭式教育，但小学生确实记忆了大量的信息。现在每天放学之后，镁婷都要帮妈妈洗碗、洗菜、扫地、倒垃圾，做一些力所能及的事。有次镁妈手指意外受伤，她承担起照顾妈妈的重任，为妈妈做饭，从此学会了炒菜、做面条。前不久又创新性地做手工包子，据说特别美味。我一直在思考一个问题，人生最重要的是什么？不就是吃一口饭，快乐地生活吗？假若镁婷在中国，也许期末她又考了三个满分，但她不一定那么快乐，不一定能学会炒菜做饭，也不会照顾别人，因为她所有的时间全部要用来学习，还要练习那霸占着我家客厅的钢琴，为此我每天都与电视无缘。

镁婷是快乐的、幸福的，更是幸运的。小小年纪就有美国的生活经历，繁华都市尽收眼底，这必将成为她一生中最宝贵的精神财富。

能干的镁妈

独在异乡为异客！镁妈初到那里的时候也曾哭过鼻子，甚至后悔选择了美国中部作为访问地。我能理解她初到异地的艰辛，一个人带着孩子，存在语言障碍，还要去办理许多手续，银行、学校、保险都得跑多趟，每天要准备三餐，还要辅导镁婷学习，但这都不是她出行的主要目的，她还有很多科研任务，要有一定的成果或者突破。湘妹子有那种不怕辣的精神，问题也一个个迎刃而解，她慢慢地适应了那里，也喜欢上了那里，那里有清凉的夏日，安静的环境，还有极其简单的人际关系。

她勤于学习，适当运动，每天开心快乐地生活。

面对陌生环境，大人的适应能力一般比小孩差。镁妈说她刚到美国的时候一直白天睡觉，晚上上网，很长时间才倒好时差。因条件所限，购物很不方便，她要积极开展工作，还得想法搞好她们母女的生活。

纽约旅行中，镁妈的担当力、执行力进一步体现，让我省了不少心，我也似乎多了一个秘书和翻译。出发前，她安排我查找攻略，该拍照的拍照，该打印的打印，为确保能够顺利找到目的地。我是做了大量的工作，但电脑上所看到的线路和到实际城市中看到的线路有天壤之别，尤其是走在高楼林立的街道上，所以我查的攻略基本上没有多大用处。初到纽约当晚，我已经累得睡着了，镁妈继续在网上漫游，多次电话沟通，重新预订酒店，安排行程，才让后面的行程轻松愉快。在美国期间，她想方设法制作佳肴，不仅色香味俱全，更讲究营养，她把家里收拾得井井有条，把镁婷教育得知书达理，自身业务也不让须眉。一句话，有她相伴，今生足矣！

热情的朋友

美国之行，得到许多朋友的帮助和热情接待，真的无以回报，只盼着能有机会在广州招待他们。

出国时，甘肃老乡小王帮我搬行李，送我去机场；刚到芝加哥，表侄小吴到机场接我再送我到火车站；刚到马顿，刘老师驱车把我接到何老师家中。听说在去马顿的路上，刘老师碰到了多年难遇的堵车，因为我乘的火车晚点了，刘老师在火车站等了很久。何老师全家热情好客，选择我到美国当晚与中国朋友聚会，我在陌生之地听到了乡音，倍感亲切。他日理万机，但还特别叮嘱我，若是我觉得孤单，可以随时找他聊天。黑色星期五他还专门带我们去香槟购物，辛苦了一整天。邻居侯姐全家对我们更是照顾有加，她两次送我去马顿火车站，都是等我上了火车才离开，感恩节当晚还邀请我们去她家做客。镁妈和镁婷初到美国时也是在他们的帮助下才渡过难关。

旅行中也得到很多国际友人的帮助。第一天刚从芝加哥艺术博物馆出来我们就坐错了地铁线，好心人立刻提醒，我们才换乘另外一条线。一位黑人小伙专门从一条线的站台带我们到另外一条线的站台，中间走过了很多通道，花费近5分钟，跟他表示感谢时他在我们前面站了半分钟没有离开，我以为他要跟我们乘同一趟车，愣是没有想起给他小费，地铁启动了，我突然明白他站了很久时间未离开的原因。当天出了地铁去找宾馆，一位老爷爷为我们带路，这次没有忘记给人家小费。

在纽约，为锻炼镁婷的能力，每次问路的事都让她去办，虽然她词汇量有限，但是每次都能得到想要的答案。时代广场，我原以为是一个很大的广场，结果是一个很大的区域，横跨好几条街道。我印象最深的是在联合国总部前遇到一位原籍以色列的老人，他是一名退休的律师，眼神还真有点像爱因斯坦，跟他聊得特别投缘，他帮我们拍了很多照片，还帮我们去咨询看看能否进联合国会议中心参观，随后又做义务导游，带我们走过了数条街道，送我们到去法拉盛地铁线的站台上，还教我们怎样区别快慢线。因为我没看好地图，我们提前下车了，再次进站时，镁婷抢着帮我们刷地铁卡，结果我和镁妈进来了，把她自己留在了外边，可能是一张地铁卡每天刷卡的次数有上限。当我正想向工作人员求助时，一位中年妇女用自己的地铁卡刷了一下，让镁婷进了站，我想给她钱时，她已消失在人流中。最后一天离开芝加哥火车站去机场时，我已经没有地铁卡了，火车站出来时遇到了一位美国美女，年龄与我不相上下，她见我拉着两个箱子，以为很重，硬是要帮我，随后又和她一起步行到克林顿地铁站，她刷她的地铁卡让我进了站，这次我一定把费用还给人家。两次赶早班机，出租车司机都非常友善，帮我们送到离办理登机牌最近的地方，两个小包，他们帮我们提来提去，当然啦，小费是必须的。

一个陌生的环境，有了热情的朋友，即使是在寒冬也倍感温暖。我在想，假若我在广州街头或者地铁里遇见外国友人，即便是我的外语很不咋地，我也会尽我所能为他们提供帮助。

美丽的插曲

去美国前，除了给镁婷带许多好吃的之外，还按照镁妈的要求买了一些化妆品。我们去纽约时镁妈带了部分，就背在背包里，不料在机场安检时被查出。我们从来没想有行李托运，更没想到随便托运一件行李需要额外收费50美金，因时间关系，就没有去办理托运，镁妈心爱的化妆品没怎么用就进了垃圾桶。也许是"9·11"的原因，美国机场安检非常严格，男士必须脱鞋、解皮带，还要红外线扫描。醒目的标语"您的安全就是大家的安全",我觉得非常正确,机场安全越严,越是对生命的尊重。点赞!

纽约地铁历史悠久,换乘便捷,成为市民出行的首选。我们第一天在曼哈顿搭乘地铁,不料镁妈抢先一步上了地铁,车门关了,我和镁婷留在站台上。初到异地,我还没搞清楚哪条线去哪里,镁妈就不见了,没想到刚到纽约就这么丢人?幸亏我们心有灵犀,她搭乘了一站就下车等我,而我也采用了同样的方法。当时我们还没有搞清楚哪列是快车,哪列是慢车,若要一快一慢,想找到她可能得多花些功夫。

玩就是为了多些精彩,多些记忆,若要平平淡淡,也就没有什么值得回忆。

美好的回忆

美国之行和谐愉快,我积极创造与别人交流的机会,更多地了解当地风土人情。美国是个大杂烩,不仅是民族大杂烩,也是文化的大杂烩,由于多元文化聚集,那里包容任何观念和思潮。只要是合法的,都是合理的。处处讲人权,时刻体现公平和自由。我跟非洲留学生、日本人等都有过比较深入的交流,跟他们相比,我的英语水平竟算不上最差。

若要问我印象最深的是什么?除了干净整洁之外,我有三点体会。第一点是安全保障。前面已经说过,任何一条公路都设置自行车道、人行道,每到十字路口,司机一看到行人,就会立即停车让行人先走。每天早上送镁婷上学,校车一停,车头前面的横杆立即转向行车方向,挡住可能会从车前跑过的小孩。在小孩游乐场外边设置停车场,停车位与小孩玩的地方设置四层保护,第一层水泥围挡,挡住车前轮,第二层是铁栏杆,即便是有冒失鬼开车上了水泥围挡,也会有铁栏杆,第三层是木围挡,还有一层是防止小孩碰到受伤的海面垫,地上全是细沙,即是小孩摔倒也不会受伤,能做到这样细致入微的确难能可贵。另外,美国三亿公民,两亿有枪,但很多公共场所,例如图书馆、教室、电影院都不能带枪进入。

第二点我觉得美国的信用体系很发达。纽约的行程，所有费用的支付全部通过网络支付，似乎离开网络就很难生存，当然国内通过信用卡也能实现以上目标。我印象中，国内每次离开酒店时都有查房环节，看看房间里的物品是否少了、是否用了，美国离开酒店时只要交钥匙给前台即可，这是一个人与人之间的信任问题。

第三点我觉得老美很友善。网络上说纽约市长经常搭地铁上班但是无人让座，没想到有人给镁婷让座。镁婷在全英文环境中学习，口语和听力是有很大提高，但阅读能力不敢恭维，为此我们去大学图书馆为她借阅读资料。图书馆工作人员得知意图后，翻箱倒柜为我们找了很多少儿刊物，还有光盘，只要登记在镁妈的借书证下，即可使用3个月。她还为我们提供了类似国内义工的学生名单及联系方式，可以约美国学生到家里辅导镁婷英语，义工就是国内的志愿者，这一切都是免费的。镁妈和我说，图书管理员完全可以不理会此事，但是她真正的以为人民服务的思想做这件事。

早就知道美国的机场和航线非常多，但我意想不到的是搭乘飞机的残疾人更多。在中国，很多行动不便的人大多待在家里，而美国，机场里随时可以看到志愿者推着轮椅跑。往返的几个航班都非常准点。

我在大城市生活20年了，我们城市基础生活设施和他们一个仅两三万人的查尔斯顿都有一定的差距，这为我的奋发努力提供了很大空间。不管怎么说，任何人都不能嫌弃自己的母亲，我们有责任有义务让她变得更加美丽，更加富裕。

美国之行，让我理解了什么是发达，什么是发展中。我不觉得美国的月亮比中国的圆，但认为中美之间确实存在一定差距。美国太以人为本，虽提倡环保，但不管去哪里购物都能免费得到多个塑料袋；很多路上即使一个行人也没有，路灯一到傍晚就亮起来了，学校里即便是一个人也没有，各种灯具也一直亮着，确实很浪费能源。

人生中，有的人一生度过了精彩的三万多天，有的人把一天的生活重复了三万多次，每个人都有选择的权利，怎么选择？就看你啦！

第二辑 杂谈

仲春省亲记

刘权厚

中国人过年就图个团圆,因为做子女的心里明白,父母生活的地方就是家,所以才有数亿人在短期内迁徙的春运。南方冬天气候宜人,我到南方工作以来父母常到广州过年,但2010年秋父亲脑出血后行动不便,从父母来南方换成我回北方。2011年和2012年我在西安陪父母过年,2013年我在甘肃农村陪父母过年。2014年春节,因工作关系我未能回北方团聚,但春节前我就订好机票,铁定3月1日(农历二月初一)回甘肃陪父母过"二月二"。"二月二"虽不是春节,但民俗中这个时间村里会唱戏祈福,期盼乡邻身体健康、生活幸福,期盼风调雨顺、五谷丰登,也非常热闹。3月1日至9日,我休假五日,回甘肃省亲。我的行程非常紧凑,所到之处充满欢乐,一个个难忘的场面历历在目。

回到家里

这次回家有两个目的,一是陪父亲看戏,二是想带父亲到医院检查一下,因为春节期间亲戚用手机发来父母的照片,父亲显得有些虚肿,再说自去年国庆到现在已五个月了,回去看看也就放心了。

3月1日7点30分我离开家,9点30分登上飞机,11点50分到达咸阳国

青色山河

际机场，12点40分坐上回甘肃省庆阳市的专线，16点20分就到父母跟前，也就八个多小时。在没有高速公路之前，家里到西安就得花一天时间，西安到广州还得坐28个小时的火车，回一趟家几乎要花三天时间，现在交通便利，节约了很多时间。母亲到村口来接，父亲在家中迎候，家中虽然简陋，但被母亲收拾得整洁温馨，似乎要迎接一位重要的客人。

下午4点前后，村里庙会首场戏结束，很多乡邻从戏院回家，见到他们我逐一敬烟问好。先说说农村唱戏习俗。我们村里每年二月初，村民会集资请戏班唱戏祈福，是一种民间活动，或者说是图个乐子。传说中"二月二"神仙下凡，唱戏是对神仙表示欢迎，另外这个时间地未融化，无法春耕，属于农闲，大家在一起看戏聊天。戏曲为秦腔，在陕西省甚为流行，因为甘肃庆阳离陕西太近了，所以剧种相同，其实甘肃的剧种为陇剧，但流行面很小。戏曲内容主要是教育人要孝敬父母，知恩图报，或者是历史经典片段再现。看不懂的人觉得演员在乱吼，看懂了还是很有意思的，一句句唱白，一个个动作都包含着丰富的内涵。父母多年没有在农村过年了，看戏的事也就耽误了。2013年村里也唱了戏，但我没在家，父亲去一趟戏院如同登一次泰山。并非乡邻不愿帮忙，是因为父亲患病，别人怕担不起责任，只有我才能实现父亲这个愿望。

我回到家中，最开心的当然是我的父母。父亲见我的第一句话是："你怎么一个人回来的？"言下之意我应该和镁婷妈妈带镁婷回来，也许他不理解这个时间点镁婷妈妈要上课，镁婷要上学，而我是休假回来的。我对他说放暑假了她们就回家看您，父亲的眼神显得有些失望。母亲忙里忙外招呼着我，为我倒洗脸水，给我拿水果，还专门为我蒸了可口的包子，看着我一连消灭了五个，她的脸上露出了满意的笑容。我觉得我吃的不是包子，吃的是母亲的心意。在外边十多年，好吃的东西吃多了，但总觉得不及母亲亲手做的包子。

母亲经常说，现在物质丰富了，在城市里能买到的东西农村都有，来回带东西很辛苦，所以我们经常带一沓人民币就回家，回家再给父母买些东西，再多留一些钱给父母，后来发现那些钱又去银行睡觉了。这次回家与以往不同。镁婷妈妈说给父母多带些东西，除了惯例给父亲带治疗脑出血后遗症的药外，我还买了一些感冒药和肠胃药。镁婷妈妈为父母买了许多衣服、奶粉和蛋白粉，还有很多零食小吃，足有40斤，我还买了两条香烟，镁婷将自己所有的零花钱都掏给奶奶。我们每次带回家的东西，母亲自己吃得很少，大部分拿去跟邻居们分享了，因为她觉得将儿子带回来的东西送给别人很有面子。

庙会正诞

3月2日（农历二月初二）是庙会正诞，早晨的活动内容就非常丰富。8点刚过，我和母亲就到了庙院，庙院里已经人山人海，还有周边村庄的人慕名而来，因为传说中这个时间点神仙会下凡，其实就是几位演员扮演不同的神仙角色，说一些吉祥的话语，祝愿全村人民平安吉祥，有一点点迷信的味道。还有一种说法是神灵现身可以祈福问药，所以才有很多人慕名而来，并且献上一定数额的红包。这些红包会有专人管理，作为村里的收入用于支付唱戏演员的报酬，当然这些钱是不够的，村里每人还要缴25元，对于多缴者当然表示欢迎。有一点必须说明，民俗中每年大年三十、正月初一乡邻也去庙上上香，但限于男性，而二月初二这天，村里无论男女老幼，都会来上香祈福，场面非常壮观。我上一次参加类似活动应该是二十多年前，因为上初中我就住校了，上大学以来，也从未在家中过过"二月二"。参加完这个活动已11点多了，因一邻家嫁女，我去吃喜酒。离开农村多年，现在的嫁娶习俗也有很多变化，之前在家里招待客人，现在可以到附近集市上的酒店里招待客人，省事也显得有档次。我关心的是怎样把老爸带到戏院去，因为庙会正诞，热闹非凡，一定得让老爸去看看，而且这天天公也很给力，很暖和。

春节期间下了大雪，离居民庭院较远的路段积雪未被打扫干净，雪融化了，道路非常泥泞，尤其是中午太阳正高的时候。地表十多厘米晒化了，十多厘米以下仍然冰冻着，这种路面非常滑，鞋子可以陷入五厘米深，我一个人走着都担心滑倒，大多数人只能走在路边的小麦地里，借助小麦苗的摩擦力防滑。第一天儿子没有到家，老爸没能去看戏，第二天儿子回来了又去吃喜酒，父亲显得很着急，他已经在大门口转了几圈了。其实这个时间我是有把握的，正常路径我家到戏院也就十分钟，13点开始唱戏，12点30分出门完全来得及，但是父亲有些不耐烦了，所以12点前后，母亲就给父亲穿好了厚衣服，父亲坐在轮椅上，我们就出发了。我推着轮椅向前走了不足千米就到了泥泞路段，轮椅一下陷入稀泥中，想想当年红军过草地也就是这么个情景。得到父亲的允许后，我背着他走进了小麦地，突然我的皮鞋不见了踪影，老爸加上我的体重超过320斤啊！尽管还有路人帮忙，我还是费了很大的力气才把鞋拿出来。滑倒我没有关系，若要把老爸摔到稀泥地里，后果真的不堪设想。在路人的劝说下，老爸极不情愿地说"不去了！"母亲提议次日提前动身，在地表未融化之前到达戏院，老爸在众人的帮助下回到了轮椅上。

我当然不能耽误看戏了，把老爸送回家安顿好，就和老妈去了戏院。上一次在村里看戏是二十多年前，尽管我多年未看，但一看就懂。前面已经说过了，看戏是一码事，另外一码事是跟乡邻聚在一起聊天。多年没有见过的人在这里都遇到了，当年英姿飒爽的中年人现在都成了老头，还有"儿童相见不相识，笑问客从何处来"的感觉。因为25岁以下的年轻人基本上都不认识我，我上中学的时候他们才出生。

按照传统，晚上也会唱戏，因为夜晚可以采用灯光技术，某些戏曲在晚上表演会更加精彩。北方温差较大，晚上很冷，但我的心很热，难得的机会当然不能错过。若我不在家，母亲很早也就睡了，而我回来了，她也愿意陪我去受冻。几位热心的年轻人，当天中午在戏院里募捐一千多元钱，要在晚上戏开演之前放烟花，我作为烟花表演的主要赞助者，当然不能缺席。晚上我跟母亲去看戏了，把父亲一个人留在家里。通常情况下，父亲在19点前就睡着了，所以我们在家与否，他根本不知道。

老爸看戏

3月3日（农历二月初三）是庙会第三天，无论如何也得把老爸带到戏院去。

第二辑 杂谈

按照母亲的意见,我们一定要在地表还未融化之前跨过泥泞路段。农村通常每天吃两餐饭,分别在10点和16点30分前后。这天9点30分我们就吃完了饭,母亲给老爸换好衣服,我们选择了另外一条路,多走了几千米,绕开前一天经过的那段超级泥泞的路,10点30分前将老爸用轮椅推到六叔家里。六叔与父亲是族亲,非胞亲,他们年龄相差几个月,关系甚好,过去两个人经常在一起聊天。在六叔家中待了两个多小时,12点30分我们到达戏院。这天天气不错,戏院里人不少,老爸一直坚持看到剧终,整整坐了三个多小时,期间我扶他小便了两次。他时而四处张望,时而和身边的人聊天,时而在人群当中搜索一下我,看到我仍在他附近还点头示意。他是在看戏吗?他还能跟当年一样看懂吗?还能唱几句吗?这些答案似乎都是否定的,我想他是在看人。只要到人多的地方他就开心,只要有人跟他聊天他就快乐,若要谁再能敬他一支香烟,那他会万分感激。自患病以来,老爸头脑不清,语无伦次,而且经常大小便失禁,哪些人愿意跟他聊天?跟他又有什么好聊的?所以他一直处于孤独状态,一台收音机成为他的新伴侣。几十年的烟瘾,他曾经说过宁可戒饭不能戒烟,但因为得病再也没有抽烟,偶尔有人让他一支香烟,他乐得合不拢嘴,恨不得连过滤棉都吸了。所以说看戏是次要的,重要的是可以到人多的地方去凑热闹。老年人像孩子,就喜欢热闹。自患过脑溢血后,老爸丧失了许多记忆,但我觉得有时候他脑子还很清楚。第一天出门的时候,老妈给他换了新衣服,我告诉他路很泥泞并问他要穿新鞋还是旧鞋,他说:"穿旧鞋。"因为他不舍得把自己的新鞋弄脏了;我在出门前给他抹了一些润脸油,他闻到了油的香味说:"这是女孩子才抹的,我抹它干啥呢?"北方男人很少注重皮肤保养,老爸的脸上抹护肤用品的次数应该可以数得清。

16点20分前后戏结束了,地表融化了,路又不好走了,轮椅的轮子陷入泥中,我跟老妈花了很大力气才把老爸推回家。也许是坐得太久,我们回家时老爸也已经显得很疲惫,几条裤子都被尿湿了,站也站不稳了。尽管很艰难,尽管湿了裤子,但是他的笑容非常灿烂,还不忘记说:"你们辛苦了!"

陪老爸去看戏,我很自豪!能让老爸开心地度过几个小时,苦和累又有什么关系？苦中享受亲情，累中感受父爱，还有比这更幸福的事吗？

改变策略

  3月4日（农历二月初四）我们改变了策略，用架子车代替轮椅，拉着老爸去戏院。架子车是农民必备的生产工具，用于拉粮食和重物，两个轮子，有车辕，人可以在前面拉着，比较省力。我们家的架子车已退休多年，我还得到邻居家去借。当天气温也就2摄氏度左右，老爸说他不去六叔家里了，要直接去戏院。为防止他感冒，我们11点30分才出发，老妈在架子车上铺了棉被，给老爸戴了棉帽和袖筒，在他穿裤子之前我给他戴上了小便器，即便是他坐在架子车上小便，尿液也会沿着尿管流出来，不会把裤子弄湿。虽然天很冷，但他坚持把戏看完。再重复一遍，他主要是看人，不是看戏。一些熟人见他来了，过来扶着架子车跟他聊天，他开心得不得了。

  自生病以来，老爸曾两度不能生活自理，第一次是刚得病时半边身子动不了，治疗了半年后能动了，能步行两三百米；第二次是2013年5月，下半身动不了，站不起来，不能走路，又经过三个多月的治疗，再次奇迹般地站起来了，很多人都觉得不可思议。他生活不能自理愁坏了我们姐弟，最为辛苦和付出最多的是我的母亲。真是苍天有眼，好人有好报，现在他不拿拐杖还可以走十多米，可以扶着墙自行去大小便，可以自己吃饭，自己洗脸，但是自己穿厚衣服还有一定的困难。因为得病，很多熟人多年都没见过面了，而戏院就是一个聊天的好地方。老爸的人缘好，很多人都过来向他问好，有人问他今年高寿？他清晰地回答人家："28啦。"惹得周围人大笑不止。脑出血后他好像对数字没啥概念，问他极其简单的数学题，能回答对的概率只有50%。他过去有多少存款，分别存在哪个银行，或者有哪些人曾经向他借过钱还没有还，他也说不清楚。

  用架子车比轮椅省力多了，而且我采取了措施，他的裤子也没有湿。在当天回家的路上，我跟他聊天，尝试让他恢复一些当年的记忆，例如让他讲讲当年当兵骑马打球的故事，让他讲讲他给别人说媒的趣事，再问他去过广州、西安哪些好玩的地方。提起他当年当马术兵的事情他还是很自豪的，他说再烈的马他几个小时就可以驯服。骑马跳高、骑马打球都很在行，但是马失前蹄也让他落下了腿部残疾；给别人介绍对象都是他无意为之，但百发百中；至于在广州和西安去过哪些地方，他能说得上名字的只有大雁塔。给父亲治病，我们只注重了让他站起来生活自理，而对于记忆的恢复没有做重点训练，现在能到这种情况已经非常理想了。我问他晚上要不要去看夜戏？他说："我们回去吃完饭就走。"我理解他的心情，但是现在已经不是当年了，若要时光倒退五年，我一定提前为他拿着板凳，早点去戏院占个好位置，让他好好看一场夜戏！

依依不舍

　　3月5日（农历二月初五）是庙会的最后一天，天公不太作美，早晨突然降到零度左右，很冷。母亲说老爸就别再去戏院了，一是已经去过两次了，二是若要冻感冒了就很麻烦了。我也赞成母亲的意见。我跟老爸沟通，老爸极不高兴，他说："今天不用你们管了，我自己走着去，冻死就冻死吧。"在他的"豪言壮语"下我屈服了，叫他多休息一会儿，等暖和了再去。11点前后，老爸等得不耐烦了，扶着拐杖在院子里走来走去，担心去晚了，戏结束了。我很为难，真怕他因为一场戏而病倒，但是回头一想，老爸还能看几场戏？再看可能要到明年，明年这个时间他还不一定住在农村，随后说服母亲还是再去一次吧。我们冒着他冻感冒的风险，继续和前一天一样，给他全身武装，12点30分前后把老爸拉到戏院。

　　天冷，人少。下午1点开始唱戏，1点30分就下起了雪，而且没有减弱的意思，很多父辈劝我把父亲拉回家，他看戏院里一共也没有多少人，遂同意回家。14点20分前后，老爸依依不舍地离开了戏院，没有太多不满意的表情。

　　春雪与冬雪不同。冬天因为温度在零度以下雪落到地面不会融化，越积越厚，而春天因为温度较高，雪落到地面瞬间就融化了，泥土路很不好走。我担心父亲坐得不舒服，尽量将车辕降低，而车辕降低加大了我拉车的难度，虽然温度低，但我背上已经湿透了。走了一半路我停下来跟老爸聊天，我问他："今天看戏看美了吗？"这个问题好像有些反问和责怪的意思。他不以为然，说："看美了！戏唱得很好，但把我娃辛苦了。幸亏你回来了，你不回来我肯定连一次都去不了。"我心中一酸，跟他计较啥？接着问他一共去了几次，他说："5次。"我沉默了。一个连三这个数字都记不清的老父亲，仍然心疼自己的儿子，仍然知道感激，我就算是迎着大雪拉着他转又有什么？

村里集资的钱和庙里的收入只够演9场戏的费用，原则上3月5日晚上就没有演出了，但是当天下午一些热心人倡议大家赞助。凡赞助一定数额以上者都会被挂红，就是将一个崭新的红色被面绑在肩上以示感谢，我首先慷慨解囊，第一面鲜红的被面挂在了母亲的肩上，并且鸣炮示意。很快就凑了4000多元，演一场戏还有结余，晚上又有烟花表演。老天爷很给力，晚上不下雪了，但温度仍然很低。我和母亲19点前后到达戏院，戏院中间已经架起一大堆篝火。烟花表演后开始唱戏，演员在台上唱，台下的人沿着篝火围了一圈，上面唱得欢，下面看得乐。大家都知道今天看完，明年才有，且看且珍惜。23点前后戏曲结束，很多人和我一样依依不舍地离开了戏院。

这种极端环境下老妈坚持把戏看完可能是她有生以来第一次，首先是要感谢那堆篝火，没有那堆篝火她肯定坚持不了那么久，更重要的是她在陪她的儿子，她珍惜与儿子相处的每一分钟。儿子给了她能量，给了她力量。这点严寒又算得了什么？

上街赶集

3月6日（农历二月初六）老天比较友好，万里无云。老爸还想去看戏，饭后问我还有没有戏了，我说没有了，让他快点吃完饭和他去赶集。

为活跃经济，方便群众，我家附近的小街道每隔三天会有一个小集市，有集当日人流量较大，可以集中采购蔬菜或者日常用品。11点前后我用轮椅推着老爸去赶集，路过一个十字路口时，很多人往一辆大卡车里装箱子，那是唱戏用的道具和服装，看到戏箱要被运走，老爸深刻理解了这天没戏唱了。通常步行20分钟的路程，我推着老爸边走边聊，遇到熟人再坐下歇歇，花了一个多小时才到达集市上。一路上，我们经过很多乡邻门口，我问老爸那些分别是谁的家？家中有几口人？他们都在干什么？很多问题老爸都能准确地回答，还能提及当年的一些趣事，逗得他哈哈大笑。岁月催人老啊！当年村里的一些长者，现在已经离世，真有物是人非的感觉。

我回到甘肃后，老爸的脸好像不太肿了，我们赶集也没有特别的事情，就是闲逛散心，很小的集市20分钟就走两个来回。遇到很多邻村的人，他们很久没有见过老爸了，看到他现在这个样子，先是对他坐轮椅感到惊奇，接着对他仍然活着表示祝福。我把老爸推进一个小诊所，让医生给他量了一下血压，稍微偏高，隔几天吃一次降压药即可。15点前后，我推着老爸就回到家里了。到这里赶集，曾经是老爸的最爱，在他没有患病之前，只要有空，他几乎每天到这个街道上逛，但是得病之后来这个地方是一个非常奢侈的想法。真不知道下次什么时间可以再推着他到这里闲逛！

县城省亲

3月6日（农历二月初六）早晨白茫茫一片，这种美景我也多年未见。我拿着扫帚将院子里和附近路上的雪扫干净，11点30分前后起身前往县城看望伯父伯母。春节期间伯母意外受伤生活不能自理，作为侄子去看看是必须的。年近八旬的老人，见一面少一面。去县城乘公共汽车需要一个小时，因为有雪，车开得慢，我13点30分才到目的地。人上年龄了，都很喜欢亲人来访，不是希望你带什么礼物给他，而是能跟他聊聊天，他们也觉得开心和幸福。我跟伯父伯母聊了一会，16点就回家了。

中午离开家里时，老爸还在睡觉，我就没去打扰他，下午回来我去向他问安。他说："我还以为你走了呢，走了怎么没给我说一声？"我告诉他我去县城看望伯父伯母了，又跟他聊了一会儿。他的意思我也应该去看看几位姑姑，我告诉他土路雪后很滑，去一趟很不容易，他再一次显得无奈。由于时间有限，我未能去舅舅和姑姑家看看，真的有些遗憾。

母亲时刻计算着我离开家的时间，经常扳着指头数我还能在家里住几个晚上，她要帮我准备准备行李。我在家的时间很少，邻居对父母的生活都非常关照，我得一一去感谢他们，尽管没有丰厚的礼物，但是一点心意还是要充分表达的。每天老爸醒着的时候我就陪他聊天，他睡着了，我就去走访他的堂兄堂弟，或者去其他邻居家，跟他们聊聊天、说说话，表示一下谢意，也了解一下他们的生活情况，对于年老丧偶者和无经济来源者略表心意。现在很多年轻人都外出务工，家中只剩下老人和小孩，有经济压力的不是很多，但大多数人的日子还是过得很清贫。有的人因病致贫，生活艰难。百善孝为先，但是有两件事情我永远难以理解。农村人讲究养儿防老，但是儿子长大成家了，他们分家了。一个儿子分两家，两个儿子分三家，只有老两口在一起过日子。儿子年富力强，可以在外打工挣钱，房子修得很阔气，但是门锁着，老两口仍然住在他们当年修的房子里，甚至窑洞里。国家对年满60岁的农民每月有60元的生活补贴，有的老人的这点钱竟然一直被儿子领着、花着，原因是"他们都老了，要这些钱有啥用"？还有的老人，常年为儿子带孩子，儿子只有在春节期间才能给老人200元钱。200元！这200元就是对两位老人一年辛劳的感谢？我不知道别人怎么想，我的情商有限，实在想不通。

大搞卫生

老天爷好像很配合我的行程安排，3月8日（农历二月初八）早晨有雾，中午放晴。老爸的大小便失禁已经弄脏了许多衣服，天气不好，衣服洗了也干不了，很快就没裤子穿了。饭后我去机井上拉回一桶水，搬出洗衣机，和母亲清洗家里的衣物。家里的洗衣机不是全自动的，洗一遍之后要甩一遍水再洗，因为不是自来水，装水倒水都很麻烦，更重要的是要节约水资源，老爸很有特色的衣服只能放在最后洗。老爸坐在门口的小凳上看着我们，时不时跟我们聊几句，时而从身底的口袋里拿出一包香烟又装了进去，因为他没有火柴。他悄悄地对我说："你妈在家里辛苦得很，你给我找个打火机去。"他的语言没有逻辑，但是意思表达得非常清楚，其主要目的是想抽根烟。我趁天气暖和，强行给父亲洗了一下身体。

母亲在家里确实很辛苦，她自己身体也不怎么好，但还得做很多事情。我一直告诉她能用钱解决的问题，自己就不要去做了，要学会让钱来改变生活，让钱来减轻负担，但是她总省着不愿意花钱，我给她的钱他们随便花几年也花不完，但是母亲说钱要存起来，等急需的时候再用。什么时候才算急需呢？父母这一辈人，年轻时吃尽了苦头，不舍得花钱。

母亲在照顾好父亲生活起居的同时，全力推动家庭的正常运转，我不在家的时候，所有事情她必须亲力亲为，但接电之类的事情对她来说还是有一定的难度。我将家里的电路检查了一遍，并按照母亲对亮度的要求把灯泡换好，有的重新安装了开关，确保两三年不坏，不要因为这些小事影响了他们的生活。我调整了电视机位置，即便母亲趴在炕上看电视脖子也不会痛了。我尽力做一些力所能及的事情，尽量减轻母亲的辛劳程度。

母亲淳朴善良，她时刻感激政策，感谢政府。她说现在的小孩上学免费，还有午餐补助，说现在农民看病还能报销，说政府每月给老年人60元的生活补贴，比很多人的儿子都孝顺，但她不理解老爸全年的工资不及我纳税的一半，她不了解高房价破灭了年轻人的梦想，不了解这个社会有多复杂。在她的眼里，人都是好人。

返回广州

假期有限，3月9日（农历二月初九）我必须返回广州。早晨我动手做饭，家里条件简陋，做不出什么佳肴，但是父母连口称赞。一些邻居知道我要走了，给我送来了苹果、核桃，还有她们亲手绣的鞋垫，一件件小小的礼物包含着深厚的亲情。中午我离开家，13点30分到达庆阳市，16点提前三小时就到达咸阳国际机场了，19点前登机，21点20分就回到广州，22点30分到达家里。镁婷已经睡了，镁婷妈妈到地铁站接我。

离开家的时候，老爸的头脑非常清楚。他知道我这天要走了，早上起来就跟我聊天，问我下次什么时间回来，我说等到小麦成熟的时候就回来了，他非常开心，并叮咛我一定要和镁婷妈妈带镁婷回来。12点30分我离开家时，父亲坐在门口的小凳子上向我招手，后来扶着拐棍向前走了几米，扶着一棵小树，他说他要送我到坐车的地方。母亲和我一起装好行李，把我送到等公交车的公路边，一路上她多次叮咛，叫我放心，安心工作，家里的事情不用操心，以后每年回一两次即可，回一次家辛苦不说，还得花很多钱呢。实质上，哪个父母不想让自己的儿子多回家几次？

我非常珍惜看望父母的机会，每次离开家，我都很难保证下次见到父亲他仍然健康，即便是每年回家三次，每次待10天，一年也就30天，父亲还能活多少年啊？又有多少个30天呢？

我在机场办理行李托运的时候显示超重了，我的箱子里究竟装了些什么？镁婷很不喜欢吃在广州买的馒头，所以我每次从北方回来都带些老面馒头，母亲又专门蒸了一次包子，还有核桃、挂面，故而超重。城市里买的挂面很可能是用很多年前的小麦制作的，不新鲜，每次母亲都用最新的小麦头等粉为我们做挂面，再加一定量的土鸡蛋，好吃又筋道，镁妈镁婷都喜欢。这些东西虽然不值多少钱，但是母亲浓浓的爱。想一想，天底下，除了母亲，谁还会为我准备这些？几十年后，父母都不在了，还有人为我们准备这些礼物吗？我的行李箱还能超重吗？

愉快而难忘的省亲之旅结束了，九千多字的的文章也不能将精彩的画面一一呈现。每次回家均有不同的感受，但是永远不变的是亲情。家永远是最温暖的地方，父母生活的地方就是永远的家。无论你多富有，不管你官多大，都应该常回家看看，且看且珍惜！

第二辑 杂谈

年，就该这么过

刘权厚

过年是亲友团聚，过年是辞旧迎新。过年的主题永远不变，那就是祝福亲友幸福安康，一年更比一年好！年该怎么过？不同地域、不同文化背景的人在不同的地点演绎着相似的故事。2017年春节前夕，母亲和小外甥女来到广州，我们在羊城团聚，镁妈镁婷竭尽全力尽地主之谊，我们在花城留下无穷回忆。幸福的场景历历在目，感人的情节令人难忘。

吃

吃是人生第一要务，人若不用吃饭，也就没了生活的动力。认识我的朋友看我心宽体胖，认为我肯定没少糟蹋粮食。熟悉我的朋友都会纳闷，这不吃，那不吃，就靠土豆也长这么壮？还三高？事实上，我的吃饭水平一直停留在小学阶段。上大学之前我没吃过任何肉食，大学期间不得不把菜里仅有的几个肉片扔掉，甚至相信牛肉面里有牛肉，在兰州待了一年愣是没吃过牛肉面。参加工作后不吃荤菜似乎就难以生存，我尝试性地吃过牛肉和排骨，有选择性地吃过不同做法做的鸡肉，即便是多年历练，也没有实质性的进步。任何海鲜对我都没有诱惑，在广州生活多年，我仍然没吃过一只虾，更别说鲍鱼和海参了，同事们爱吃的螃蟹和牡蛎我是碰都没碰过。记得有次公司组织到海边度假,粥里也有海鲜,两天时间我只能酱油浇饭充饥。

饮食习惯是多年形成的,我这小学生级别的吃饭水平与我小时候的生活密切相关。首先是家里穷,20世纪七八十年代,不饿肚子就不错了,哪还有肉吃;其次是老妈的饮食习惯,我母亲自小就不吃肉食,我想一是条件不允许,没有肉吃;二是她心善,不杀生,觉得任何动物都有生命。家里只有在特殊的日子里才会做肉食,过去我闻到有荤腥味的食物经常会发呕,就像走到了海鲜市场。结婚以来,镁妈的厨艺突飞猛进,一手地道的湘菜让人难抵诱惑,我的身高虽未变化,但体重一直在增加。老妈一直生活在北方,仍然是馒头、面条过日子,即便是经济已经宽裕,但饮食结构依旧单一。过年了,难得的团聚,而且不是甘肃农村,是在国际化大都市广州,一定要让老妈吃好。镁妈深刻理解老妈几十年的艰辛,特别是前几年照顾生病的父亲,人消瘦了很多。她一定要尽到一个儿媳妇应有的孝道,过去由于工作不能为婆婆分忧,现在老妈到了广州,她要想方设法让老妈玩得开心,过得愉快。为满足老妈和外甥女的口味,镁妈专门买了北方口味的馒头和花卷,努力做到一日三餐不重样。老妈吃饭的水平也极其有限,甚至有些挑剔。怎样才能让老妈吃好,镁妈绞尽脑汁。大年三十团圆饭,镁妈提议到酒店去吃,其实我们之前并未预定,只是在想,家里电视机罢工一年多了,这春节联欢晚会该在哪看?说走就走,我们联系了平日常去的几家酒店,真有一家湘菜馆有空位,我们即驱车前往。老妈吃了几十年馒头稀饭,吃湘菜的机会自然不多。没想到,老妈对湘菜赞不绝口,而且胃口大开。她平日有些便秘,晚餐吃得很少,而三十晚上,不管什么菜,无论什么汤,她照单全收,饭量是平日的好几倍。纯素的湘菜很少,为什么老妈不嫌有肉?老妈说,人家做得好,肉是蒸熟的,没有腥味。我突然觉得,老妈不是不吃肉食,而是没有吃过可口的肉食。食在广州,可以说广州汇集了天下美食。在广州,一定要让老妈看看广州人是怎么吃的,我也后悔前几年老妈在广州的时候很少带她到酒店吃饭。春节期间,我们带老妈到广州老城区玩,一起到拥有"国际名厨金牌大奖""天皇厨师"和"南天鲍王"

第二辑　杂谈

等称号的粤菜大师欧锦和开创的锦和厨房品尝了非常地道的粤菜。我曾有些担心，老妈能接受粤菜吗？想来老妈和我口味差不多，我尽可能点一些我自己可以接受的，没想到老妈一吃不可收拾，不再是赞不绝口，而是由衷感叹。她认为自己吃到了人间美味，很多东西之前从未见过，更别说吃了。粤菜里或多或少会有海鲜，但每个菜老妈都吃，就连我自己从来不喝的皮蛋瘦肉粥她都喝了一大碗。老妈平时在家里吃饭的时候饭量很小，有时就吃点蔬菜，但在酒店里就能吃很多。自从掌握了这个规律，我们无论是有条件，还是没有条件都到酒店去吃，不仅是午饭、晚饭，就连早餐，镁妈也选择广州最有名的金广铭厨。我们驱车数十里，只为老妈吃饱吃好。小外甥女历来挑食，在西安的时候拿半个馒头能啃半天，没想到在广州半个多月脸蛋变得圆圆的、红扑扑的，体重也增加了两斤多。一个菜缘很差的老爸和一个学霸老妈，不知道怎么生了一个自称吃货的女儿——镁婷对任何美食从不拒绝。她最深刻的领悟是：凡是人多的地方，必定有卖吃的！每天只想着吃饱了疯玩，玩饿了再吃。镁妈过去很反感在外边吃饭，认为太浪费时间而且不太卫生。为了让老妈开心，春节期间镁妈对于去哪里吃或吃什么均无异议，反正方向盘在我的手里，去哪儿都行。不用买菜、不用做饭，更不用洗碗，只不过把自己的卡上的数字转到别人的卡上。你乐我乐，大家都乐，何乐而不为呢？

　　回想我小时候，春节前夕家家户户都蒸馒头、蒸包子，老妈还要蒸很多花馍，就是献给神仙和老祖先的贡品。陇东地区有着深厚而悠久的文化底蕴，生活在那片黄土地上的先民用勤劳智慧的双手创造出独特的农耕文化，并且延续下来，花馍作为陇东面塑的代表成为民间艺术品，璀璨夺目，古朴而独特。媳妇的手巧不巧，关键看花馍做得好不好，而老妈蒸的花馍一直是别人效仿的对象。还有一种民俗是正月里不蒸馍，也不吃锅盔。有一个歇后语是"大年三十借蒸笼——你蒸的吃让别人烙的吃"？这些民俗与所处的气候环境和生活习性有非常密切的关系。零度以下的气温，蒸馍放一个月，吃的时候热一下照样好吃。那时候过年吃什么菜呢？印象比较深刻的就是白菜炒粉条，还有素丸子——红糖加枣泥蒸的面疙瘩。的确是条件有限，财力有限，从未想过除夕团圆饭到酒店里去吃。在广州生活十多年，传统的节日我们仍然是在家里度过。若要不是家里电视机罢工，也许我还不清楚老妈很喜欢在酒店里吃饭，既然喜欢，就让她老人家吃个够，儿女能够做的就是尽可能实现老人的愿望。

现在经济条件好了，平时想吃啥就买啥，平时和过年吃的没有任何差别。对于我来说，不是想吃什么，而是能不吃什么？工作上的应酬能逃避的尽量逃避，而老妈过去六十多年又吃过啥好吃的？姐姐们经常给买一些糕点，或者瓜子花生，那算美食吗？那些烤的东西恰好加重便秘。在广州，我们尽力让老妈吃好，镁妈为此做了非常大的努力和付出，镁婷也尽了微薄之力。某日上午，我和镁妈外出，家里只剩老妈和镁婷，我让镁婷带着奶奶到外边去吃，老妈又怕花钱，镁婷就亲自为奶奶做饭，煮的面条，炒了辣椒土豆丝，还有鸡蛋。老妈说非常好吃，而且镁婷吃完饭还把碗洗了。遗憾的是我没有吃到！奶奶来了，难道太阳从西边出来了？镁婷也变得这么勤快？作为奖赏，当天晚上我带她们到麦当劳，每人一个汉堡。我估计老妈之前也没有吃过麦当劳的汉堡，一是汉堡里有鸡肉，她可能不吃，二是烤的东西吃了可能会加重便秘。而这次，她不仅吃，而且赞不绝口。在别人眼里汉堡是垃圾食品，但在老妈和镁婷眼里那是美食。老妈还把番茄酱抹到汉堡上吃，这在过去是不可能的，连我自己都有些不可思议，因为她过去从来不吃凉的东西。

吃与不吃，只是个心理因素。刚过去的这个春节，我终于知道老妈喜欢吃什么，能吃什么了。亡羊补牢，为时不晚。老妈已将近古稀，让她老人家吃好是我们姐弟未来一段时期内最重要的任务。

一不小心，透漏了我很多小秘密，让你知道了我的弱项，以后可千万别天天请我吃鲍鱼、鱼翅啦！一碗拉条子、油泼面足矣！

玩

除了吃，另一个重要的话题就是玩了。和老妈相比，我玩过很多地方。无论

第二辑　杂谈

是美洲还是欧洲，无论是东北还是西南，很多名山大川都留下了我的足迹。而老妈除了西安、银川、广州之外，就是三姐带着去了一趟北京。年轻的时候没有条件出去玩，年龄大了，想出去玩，走不动了，还晕车，所以只能短距离出行。

在老妈决定带小外甥女来广州的那一刻，镁妈就开始筹划怎样让她们玩得开心，一定带她们去她们从来没有去过的地方，看她们从来没有见过的美景。年前我还得上班，顺便带老妈到我办公室坐了一会，又参观了广州地铁博物馆。公司新办公大楼，明窗净几，现代化设备一应俱全，老妈有些眼花缭乱，真有点刘姥姥进大观园的感觉。地铁博物馆里的高科技让老妈目瞪口呆，她更为儿子从事的事业感到自豪。

广州叫羊城，又名花城，春节期间到处都是花的海洋。大年二十九，天气特别给力，蓝天白云让人心旷神怡，我带老妈、镁妈、镁婷和外甥女一起去公园前逛越秀花市。花市在广州已有几百年的历史，每年除夕前三天，每个区定点布设，市民观花迎春。想象中逛花市的人会很多，没想到逛花市的人比想象中更多，临近花市的地铁口都限客了，只进不出。实在太挤了，我们步行到北京路，再到北京南路、八旗二马路，在珠江边乘船到广州塔就回家了。大年三十晚上，老妈特别开心，尽管吃完团圆饭已经 22 点 30 分了，但大家都没有困意，我开车带她们兜风。珠江两岸，华灯初上，格外迷人。我开车经天河东路、猎德大桥、广州塔、中大北门、海印大桥、二沙岛、广州大道、天河北路，再回到家里，一路上大家谈笑风生。镁婷抢着当导游，说得唾沫星乱飞，老妈更是精神百倍，似乎年轻了很多。特殊的时间点，街上车辆稀少，我的车速不算太慢，奇怪的是，老妈竟然没有晕车。看来晕车与心情有很大关系。

花城广场年龄虽然不大，但已成为广州市的名片，被誉为广州"城市客厅"。广场周边高楼林立，是广州游客的必选之地，广场上的灯光节已与法国、悉尼的灯光节并列为世界三大灯光节。春节期间，灯光音乐会以广州塔为中心，以珠江两岸和新中轴线夜景为背景，联动现场音乐，上演大型城市灯光表演，打造节日视觉盛宴，广场中央还有音乐喷泉，每天晚上，游人如织。正月初四傍晚，我带

青色山河

老妈、镁婷和外甥女一起搭乘地铁前往，从珠江新城地铁站出去，专程游览花城广场，一路走到海心沙公园，就是举办 2010 年广州亚运会开幕式的地方，沿途美景胜收，再搭乘无人驾驶的 APM 到天河体育中心，最后乘地铁回家。这些地方镁婷不知道逛过多少遍了，习以为常，而这一切对老妈来说都是新鲜的，她应接不暇，常发感叹。2010 年父亲患病后行动不便，之后的五年多时间，1800 多个日夜，老妈不遗余力，几乎承担了照顾父亲生活起居的所有工作，也是多年没来广州。广州的发展日新月异，很多现代化的设施她除了赞叹就是赞叹。其实广州还有很多好玩的地方，很多地方也有很深的文化底蕴，但我要考虑老妈的理解层次；我也很想带她去远一点的地方看看，而老妈总以晕车难受为由拒绝，所以我只能每天变着花样，想着法子到周边转转。岭南印象园是典型的岭南传统风格的建筑群落，园中的街巷、宗祠、民居和店铺，还有各种不同民族色彩的舞蹈表演，让人流连忘返。几年前我陪老妈和老舅去过，春节期间又和老妈去了一次，不同的时间点，即便是相同的景色，也会有不一样的心情。

广州的沙面，曾称拾翠洲，在宋、元、明、清时期就是中国国内外通商要津和游览地，清咸丰十一年（1861 年）后沦为英、法租界，历经百年沧桑，是我国近代史和租界史的缩影。沙面岛上欧陆风情建筑形成了独特的露天建筑群，类似上海的外滩，是广州著名的旅游区、风景区和休闲胜地。正月初六，我们全家到沙面去玩，老妈第一次走进了五星级宾馆——白天鹅宾馆，这个中国第一家中外合资的宾馆，也是中国改革开放成功的典范。一切的一切，对于老妈来说，充满了好奇，她为广州的文明惊叹！为广州的历史惊叹！想当年，我决定到广州工作的时候，老妈曾经反对，更多的是不舍，现在事实证明，我当年选择广州安家落户是正确的、明智的。广州无论是自然环境还是人文环境，都比古城西安超前几十年。我想让老妈开开眼界，看看电影、电视剧是怎么拍的，正月初九，也是年后的第一个周末，我们全家去佛山市的南海影视城玩。南海影视城被誉为"中国好莱坞"，是中央电视台四大直属影视摄制基地之一，那里坡缓峦低，湖光涟漪，山色清新，格调雅致，情趣盎然，各个时期的建筑浓缩了历史年轮的轨迹，

第二辑 杂谈

体现了中国建筑的辉煌。我们不仅看到了金碧辉煌的"天朝宫殿",也看到了心旷神怡的"江南水乡",还有"旧香港澳门一条街"。美景之外,还有旗袍秀、水战场和马术表演《三英战吕布》。老妈忆苦思甜,好像出现了幻觉,突然满眼泪花。几十年前她吃不饱肚子,根本没有想过自己会搭乘飞机出行,更没有想过自己见到这样的美景,一切好像都在梦里。

到外边去玩,镁婷是我最大的支持者。整个春节假期,镁婷好像只有一个任务,就是玩。上完魔术和跆拳道培训班之后,她天天想着玩,不管去哪里,绝不挑剔,最好是在酒店里把饭吃了再回家,还理直气壮地说:"老师说了,考满分的不用做寒假作业。"为满足两个孩子的需求,我们一起去流花湖划船,去海珠湖赏花,去儿童公园坐碰碰车、玩滑滑梯,去火炉山爬山。华工的西湖边,华农的树木园都有我们的身影。每到一处,老妈看一会儿风景就想找个地方坐下来休息,毕竟上了年纪,体力有些不支。外甥女第一次到广州,也可能是第一次离开她爸爸妈妈很长时间,南方的一切对她来说充满了新鲜感。若要问她广州和西安相比,哪里好玩?她的回答总是"都一样",她尽力维护着千年古城的权威。镁妈发话了,孩子在西安没有玩过的都让她玩,在西安没有体验过的都让她体验,加上镁婷根本不知道他爸挣钱的艰辛,还常说我小气。花吧,花完了再到银行去取,要不就微信支付,都不用到柜员机去取,这是镁婷的一贯观点。应该说,小外甥女在广州过了一个难忘的春节,也实现了镁妈的既定目标。

镁妈是个宅女,她认为出去玩是浪费时间,还不如待在家里看书或者写点东西。这个春节她变了,她突然明白了一个大道理,人生除了学习,还有比学习更重要的事情。出去玩能放松心情,能锻炼身体,能开阔视野,玩累了,睡觉更香。出去玩就不用做饭,不用洗碗,只不过是刷一下微信,何乐而不为?春节期间,我们同出同入,她充当我们的御用摄影师和业余导航员,每有佳作立即公布于众,引来无数点赞。是我们让她的摄影水平逐步提高,是我们让她找到更多的乐趣。镁妈想让大家一起去看长隆大马戏,让她们看看国际顶级马术表演。一听每张票300元,五个人得花1500元,老妈说什么都不去,所以未能成行。其实我们都看过几遍了，想让老妈去看看，老妈没去，外甥女就没去成，不过也好，广州为她留了念想！

玩是人生的乐趣！2017年的春节，我们玩得非常开心，玩得很有意义，在每个人的脑海都留下深刻的印像。

情

春节是国人的共同假期，是一个感情升华的季节。为了短期相聚，有人通宵达旦排队购票，有人不辞辛劳千里奔波，亲情、友情、同学情、战友情都在聚会中展现得淋漓尽致。亲人相聚，感情加深，使家庭更和睦，使社会更和谐。

过去几个春节我多在北方度过，虽然待的时间短，但镁婷玩得乐不思粤，总会留下一句话："我还会回来的！"2017年的春节，我不想再回北方过年了。一是广州毕竟暖和，老妈也多年没在广州过年了，在广州我们可以开车带老妈到周边逛逛；二是广州到西安的高铁票一票难求，若要三人乘飞机往返，交通费就近万元，而西安到广州的机票又是出奇的便宜，老妈来广州更为经济。在镁妈和镁婷的盛情邀请下，老妈同意到广州过年，我们才有了美好的精彩瞬间。

老妈到广州之前，镁妈花了很大功夫把家里收拾得一尘不染，专门腾出客卧让老妈住，并且换上了新床单和新被套，让镁婷和外甥女住在书房，我和镁妈回归传统又挤到了一起。老妈到广州的当天，我搭地铁去机场接，镁妈在家里准备饭菜，并到地铁站里接。得知老妈饱受便秘之苦，在老妈抵粤当晚，镁妈就通过网络挂号，选择广州中医药大学附属医院知名专家，并在次日与我一同去医院给老妈看病。她想方设法做北方口味的饭菜，每天做好饭，总是第一个先给老妈盛好，还专程带老妈去展销会购物。知道老妈晕车，每次外出都让老妈坐在副驾位，上坡下坡，镁妈都有意识地去扶一下老妈，她们不是母女，胜似母女。她们的知识层次和见识有天壤之别，但她们有聊不完的话题，镁妈尽可能顺着老妈的心意，每天问寒问暖。有时候，镁妈也有委屈，但她想到老妈已年近七旬，能够到广州

第二辑 杂谈

的次数越来越少，她们能够相处的时间越来越短，有什么不能理解？又有什么不能包容？老妈不就是有点私心，太爱自己的儿子吗？爱自己的儿子有什么错？何况她爱的不是别人，正是自己心爱的老公。每想到这些，镁妈一如既往，买最贵的给老妈吃，挑最好的地方带老妈去玩。老妈成天乐呵呵的，嘴里常念叨："这次给你们添麻烦了！这次吃的太好了！这次玩的太美了！"我想，这个春节是几十年来老妈过得最开心的一个春节。

老妈在黄土高原上的农村里生活了几十年，条件有限，文化不高，有北方人的淳朴和热情，但多了一些朴素的观念；镁妈在南方长大，求学二十载，学富五车，又出国留洋，通情达理，但多了一些湘妹子的辣劲；若要说她们之间没有误解那肯定是我撒谎。很多文人墨客都对这世界上最难说得清、道得明的婆媳关系发表过长篇大论，其本质上是对于同一个男人控制权的划分。我认为，亲人之间，没有绝对的对与错，只有观念的不同，关键看是否包容对方。过去几年，老妈精心照顾老爸的生活起居，不遗余力，镁妈被深深地感动，也由衷地敬佩，她也深知老妈生活不易。老妈来广州之前，镁妈就发话了："老妈在广州期间你不用做任何家务，做饭洗碗都由我来，你也不要怕花钱，只要老妈开心就好。"实际上家务也就是买菜、做饭、洗碗、拖地，我们也没有明确的分工。通常镁妈买菜我买米，我做早餐，镁妈周内做午、晚饭，周末我做饭。我每天中午在公司吃饭，晚上回家就有饭吃了，饭后再洗个碗，若要有应酬，回家晚了，连洗碗的机会都没有了。为了消除误解，镁妈坚持不让我进厨房，其实春节期间很多天我们都没在家里吃饭，也没有过多的洗碗机会。镁妈尽力多做一些家务，只为减少老妈的误解。

镁婷比小表妹大100天，她们一起在西安、甘肃玩过，加起来也没多长时间，但亲情渗透在里面，她们一见如故，知心的话儿说不完。她们每天同出同入，形影不离。小外甥女是三姐的小女儿，没有任何艺术细胞的三姐立志把女儿培养成一个能歌善舞的天才，舞蹈、古筝都搞得有模有样。镁婷有着北方人的热情和南方人的细腻，任何时候也不甘示弱。魔术、舞蹈、钢琴、跆拳道等，她使劲儿地展现自己，想让奶奶觉得她是一个无所不能的全才，更是一个温柔体贴的乖乖女。她们八仙过海，各显其能，自编自导自演节目，我们笑声连天。镁妈对她们一视同仁，带她们一起去看电影，一起去散步。若要我带她们外出，她们的目标出奇的一致，就是千方百计让我花点钱。计划生育政策的实施，中国大多数家庭子女很少，大多数孩子都以自我为中心，有礼仪、懂感恩的少，而这表姐妹俩，互帮互助互爱，相信广州共同生活的经历必将给她们留下深刻印象。随着春节假期的结束，新的学期即将开始，小外甥女得回西安了。她们离开广州的当天，镁妈做了很多好吃的，还买了很多零食。镁妈和镁婷一起送她们到地铁站，镁婷跟奶奶和小表妹拥抱道别，依依不舍。我送老妈和外甥女去机场，通过安检后我打电话给老妈，外甥女接了电话，她说老妈哭了，而且哭得很伤心。儿子已经年过不惑，但在老妈眼里仍然是个小孩，跟十几年前离开广州一样，留下了不舍的眼泪。

　　春节过完了，我好像明白了什么。人一辈子到底图个啥？升官、发财只是少数人可以实现的目标，而且他们为此都做了非常多的付出和牺牲，只不过那些艰辛我们常人没有经历而已。对于芸芸众生来说，我们只要亲人身体健康、家庭和睦，自己有一份可以养家糊口的工作，有一份不为生计发愁的薪水，足矣！春节期间，老妈的饮食习惯有了质的改变，镁妈也明白了并不是学习才有乐趣，出去玩的乐趣更大。镁婷根本不知道寒假里也可以复习或者预习，成天想着怎么玩，其实爱玩也没什么错，并不是每个人都要读完博士，成为大咖。按照镁婷的理想，将来开个宠物店，就会有一只属于自己的小狗，再也不用到校园里找流浪猫喂了。

　　2017年春节，我没有去更远的地方旅行，也没参加什么聚会，更没有喝过酒，唯一做过的一件事情就是陪伴。陪伴老妈、陪伴镁妈、陪伴镁婷，每天陪伴着我生命中最重要的三个女人，让她们开心、让她们快乐。其实在哪里过年并不重要，重要的是跟谁在一起过。

　　我觉得，年就该这么过！你的年又是怎么过的呢？

第二辑 杂谈

好人有好报

刘权厚

手机的功能早已不限于通话，成为人们生活不可缺少的工具，淘宝、炒股，还有很多朋友的联系方式，若要丢失真的很麻烦，甚至造成很大的财产损失。9月7日晚，镁妈的手机不幸丢失，但很快又找回来了，这让我更加相信好人有好报。

晚饭后，镁婷在家做作业，我和镁妈去楼下散步，19点35分我们离开家的时候我叮咛镁婷："快点把作业做完弹一会儿琴，我们很快就回来。"镁婷很不情愿，但作业没有做完，只能待在家里。我和镁妈到银行取了点钱，随后进了商场，想顺便买点早餐。原计划半个小时回家，结果逛了一个小时。我们20点35分回到家时，镁婷不在家，她在桌面上放了一个留言条："爸爸妈妈，我去找你们了，30分钟后回来。"我立即掏出手机，发现有四个未接来电，还有微信留言，电话是镁婷用妈妈的手机打的，留言也是镁婷说的话，看来镁婷离开家里之前打了我的电话，可惜我的手机静音，没有听到，跟镁妈在一起，我也从未看过手机。我马上打过去电话，镁婷接了电话，说她在银行附近，很快就回来。我本来想去接她，但有些累了，就去冲凉了。十多分钟后，镁婷推着大人的单车回家了！镁妈很生气，担心她一个人骑车外出发生意外，让她更无语的是镁婷说："妈妈，我把你手机弄丢了！"我怕镁妈发火，立马穿好衣服，叫上镁婷，一起沿着镁婷回家的路去找，尽管希望渺茫，但我们希望能有奇迹。

我们沿着一明一暗的路灯，按照镁婷的指向，一路往回找。镁婷说她自己已经找过一回了，找到了手机塑料壳，没找到手机。我尝试着拨打镁妈的号码，手机仍然可以打通。不能再打了！万一手机在哪里休息，别人没有看到，铃声一响别人听见，不就捡走了？镁婷说她骑着自行车，担心把手机装在裤兜里掉了，就放在自行车前面的购物篮里，可能是过减速带的时候，自行车一抖，把手机抖出了购物篮。镁妈分析，自行车购物篮至少有15厘米深，根本不可能抖出去，肯定是小偷趁镁婷不小心，偷走了手机，扔掉了手机套。我向镁妈的手机上发了微信留言，又发了短信，希望捡到的朋友能够还手机给我们，我们一定酬谢。走了一圈，未果，我们就回家了，接下来的镜头大家可以想象。首先是责怪镁婷不听话，让她做完作业就弹琴，但她担心我们老两口走丢了，竟然去找我们，而且还在那么晚的时间一个人骑着单车出去，又带着手机，还不小心，造成的这个后果。我们不知道该怎样弥补。镁婷知道自己错了，除了承认错误之外也感到很委屈。其实这件事情，我也有责任，我的手机基本上是二十四小时静音，在办公室的时候就放在桌面，也不会漏了任何来电，坐地铁的时候用手机看电视，也不影响交流。跟老婆在一起的时候，我的手机不响是正常的，没想到的是镁婷打来的电话我没有听到。镁婷在离开家前就打我电话，我没有接电话，她才写留言条的，为了能及时联系到她，她才带手机出去的。不管怎样，把手机弄丢她还是应负一定的责任。

当晚22点前后，我们决定再去找一次，因为我连续打了十多个电话，电话一直能打通，这说明不是别人偷走了，若是被偷，小偷肯定会第一时间把手机关机，再怎么打也打不通了。而且我发了短信和微信留言，都没人回复，说不定手机还没有被人捡走。我们怀着极其渺茫的希望，在镁婷说的减速带附近仔细寻找。我用手机拨通镁妈的手机号码，突然听到了微弱而熟悉的声音，我们沿着声音的方向找去，在一个收破烂的电动三轮车车厢里，掀起一块薄木板，镁妈的手机果然是在那里。镁妈拿起手机，有点喜出望外，虽然手机背壳的钢化玻璃已有很多裂纹，但显示屏仍然完好，不影响使用，再一细看，电量仅剩1%。其实镁妈也经常手机静音或把手机音量设置得很小，幸亏这天没有静音，也幸亏手机还有 1% 的电量。我环视了一下周围，竟无一人，电动三轮车的主人在哪里呢？我们想感谢一下他，但等了好久看不到人，我们也回家了。

  现在还原一下事情经过。镁婷 20 点 38 分跟我通完电话就骑着单车回家了，过减速带的时候把手机抖出购物篮，掉在减速带附近，接着过来了一辆车碾压在手机上，手机背壳上的钢化玻璃碎了。捡破烂的人过来看到了，他把手机塑料壳扔在减速带附近，把手机放在自己三轮车的车厢里。镁婷回到家门口，发现手机不见了，再回去找，结果只捡到了手机塑料壳。我们第一次去找，只尝试了两三次，再没怎么打通手机，经过这个减速带的时候没有听到手机的声音，第二次在减速带附近打通了手机，手机就捡回来了。

  好人总有好报。记得我去年捡到江西赣州一个小伙子的钱包，里面有身份证、银行卡和近千元现金，我知道对方肯定很着急，第一时间求助网络，在众多网友的帮助下，没出 18 个小时，我找到了失主并在次日下午当面归还。这次镁妈手机能够失而复得，首先要感谢那位不知名、没见过面的收破烂的大哥，是他捡到了手机，并且把手机放到他的车厢里，还用木板盖着，既没有关机，也没有把手机带在他身上，我想他的目的就是希望手机能够找到自己的主人。他非常聪明，把手机套扔附近，给人标记，为我们找到手机提供了非常重要的信息。

  假如手机是被偷的，小偷关机了，手机就与我们无缘了。假如镁妈的手机当天也设为静音，手机也回不到我们手里；假若她的手机没有电了，自动关机，也找不回来了；假若捡破烂的把手机关机了或带在身上，我们找回来的难度可能就更大了；假若他不把手机套扔在减速带附近，找回来的概率也变小了；假若我们不理性分析，没有再找第二次……一系列的假如，若要有一个成立，我们就不可能那么快找到手机。

  世间还是好人多，好人总会有好报。生活当中，你怎么对待别人，别人就怎么待你。若要人人都心怀善心，乐于施爱，这个世界将更加美好！

过春节

刘权厚

春节年年过,年年过春节,但在不同的地方,与不同的人在一起,意义是不同的。

我的小家庭原计划 2015 年腊月底有特别重要的事情要做,2016 年春节不能外出,接近年关才知道特别重要的事情可以半年后再做,我们才考虑在哪里过春节。过去的几个春节,由于种种原因,我的小家庭都是分别在两地迎接新年的阳光,这个春节无论如何也得在一起。也很幸运,腊月二十七中午我抢到了腊月二十八广州至西安的高铁票,并在当晚抢购了正月初四的返程票。其实我想正月初八回来,但车票早没了。这里有朋友要问,为啥不买几张机票,想走就飞呢?因为我记得老妈说过,"你去美国在飞机上的那个晚上我一夜没睡着"。

无限向往

每次回北方我都很激动,这次也不例外。腊月二十八早上 5 点我就醒了,起床先做好早餐,再收拾行李。三人出行比我一人出行麻烦多了,尤其是遇上两个啥都不管的人,但不管怎样我的心情仍然难以言表,因为再过几个小时就可以见到老妈了,只有我才能理解她老人家那种期待的心情。我们 9 点 40 分离家,10

点 55 分到广州南站，11 点 30 分高铁启动，沿途一路美景，我本想给镁婷讲讲南方和北方的植被差异，但她根本无暇顾及。她们看了两部电影，睡了一觉，再和车上两个小弟弟一起疯玩。时间过得也快，20 点 24 分我们到达西安，老妈和三姐在地铁站接我们。看到活泼可爱的孙女，老妈的眼睛眯成了一条线。

中国省会城市，除了广州，我最熟悉的就是西安。我这次回西安的目的非常明确，就是让镁婷玩美玩够，爱上西安，爱上北方，今后常回去看看；让镁妈玩得开心，过得愉快，觉得不虚此行；更要让老妈舒心快乐，留下美好的记忆。

镁婷回西安有三个愿望，放鞭炮、堆雪人和挣红包。广州禁放烟花爆竹多年了，她从未玩过鞭炮，所以很想感受一下点爆竹时心跳的那种感觉。虽然前年她在北美玩过雪，也堆过雪人，但那时没有打雪仗的伙伴，她孤独求败。另外，她一直想有一条属于自己的小狗，也一直为买一条小狗努力挣钱，倒垃圾 0.5 元，扫地 1 元，拖地 2 元，但这样的挣钱速度太慢了，我给她说过，若回北方，奶奶肯定会给她一个大红包，所以对于回西安她除了积极就是积极。镁妈回西安出于对我的爱，因为她深知我的心意，另外也从未体验过北方的年味，换个地方过个春节也是不错的选择。2016 年的春节对我来说有着特殊的含义，我必须陪着老妈，让她老人家有个心理安慰。

广州回西安多少次了，不细翻日记，我真说不清楚，但是每次都令我无限向往。北方承载着我童年的梦想，更留着父母的气息。

吃喝玩乐

要准确地定义一下什么是过年，我想说过年就是很长时间没在一起的人聚在一起吃喝玩乐。平日里大家都很忙，只有春节才有一点共同的时间，亲朋好友或一起小聚，或组团旅游，到一个别人待腻了的地方图个新鲜。

朋友相聚少不了吃喝，亲人相逢都会拿出最好的东西招待，即便是你已经在街边吃饱了，家里照样为你准备好了佳肴，尤其是像我这样有老妈还有多个姐姐的人，她们最清楚我喜欢吃啥。对北方人来说，西安是个美食天堂，二姐做的面条，三姐做的饺子，吃饱了还得再加一碗，一方面显得她们好客，另一方面要体现我男子汉的本色。"每逢春节胖三斤"，我一年多来爬山所消耗的脂肪几天就补回来了。镁婷南北通吃，任何美食对她都有诱惑，街边的糖葫芦、煎饼果子、羊肉串、麻辣烫都不放过。镁妈是讲究一些，街边狂吃有失文雅，但对西安的美食还是赞不绝口，她觉得西安凉皮、肉夹馍、岐山臊子面、陕北的洋芋疙瘩都很好吃。在外边吃，在家里更得吃，镁妈勤快能干，每天变着花样做菜，无论是大盘鸡，还是土豆丝，大家都给足面子扫个精光。老妈对我说："你和镁婷真有福气，一辈子都吃好吃的！"镁妈听了美滋滋的。

西安很多景点我都逛过多遍，去大明宫、钟鼓楼、回民街、永宁门、大雁塔、大唐芙蓉园我完全可以做导游，但我得带她们去逛。在大明宫遗址公园看自乐班吼秦腔，镁婷在墙角落的阴暗处挖出仅存的雪，与二姑父打雪仗，尽管手冻得通红，但玩得不亦乐乎；吹泡泡对于一个10岁的孩子来说已经有些不合时宜，但她觉得其乐无穷；在大雁塔北广场的喷泉下玩水她不怕弄湿衣服，在大雁塔南门上的石板上溜滑滑她既不嫌冰，也不怕把新衣裳磨烂；即便是下雨了，她也愿意在人多的地方捉迷藏，从不担心把自己丢掉；小摔炮摔完一盒再买一盒，反正只要好玩；想吃什么，总有人抢着买单，至于什么是学习或者该学些什么好像跟她没有半毛钱关系。镁妈第一次在北方过春节，一切对她来说都很新奇。西安的永宁门内是春晚分会场，大年初一晚上我和她们进永宁门、上城墙观花灯，她的手机拍了个不停。西安文化底蕴深厚，城墙上各种攻城策略对她来说都是学问。我们一起去回民坊，逛了西安城内的老巷子，一起去城隍庙，一起到大雁塔，每到一处，她都不会忘记展示自己的小蛮腰。三姐为了让我们吃好玩好，做起了专职"三陪"，她对镁婷百依百顺，让镁婷忘记了到底是妈妈对她好还是三姑姑对她好。老妈若要和我们在一起，就是乐呵呵、笑眯眯的，即便是腿不舒服，走得很慢，也愿意陪我们一起逛街，张家长李家短的唠着；若要不跟我们在一起，就是想方设法做好吃的。

每到一处，都是欢乐的笑声，也许只有春节才能忘记工作上的烦恼，相聚图的就是个乐子。

享受亲情

尽管我的假期都在北方度过，但由于地域关系，每年在北方待的时间还是很有限，镁婷只在 2013 年国庆节回去过一次甘肃，那也是她上次回北方的时间。我花了很大精力教她，她才承认她是甘肃人，若要长时间不回去，这个概念也许就淡化了，所以我要创造条件，让镁婷多回北方。

春节是个亲人团聚的日子，为了团聚，人们忘记了旅途的劳累，短短的几天时间，目的就是享受亲情。对于一位年近七旬的母亲来说，最重要的事莫过于与亲人相聚。我每次回北方，无论是严寒还是酷暑，母亲一定会到她所能及的地方接我，但她经常忘带手机，好几次都是我已经到家了，而她还在外边等我，我又跑出去找她。我们三人一起回北方的次数也能数得清，有一次老妈带着蒸好的包子到火车站接我们；有一次骑着单车到公路边等我们；这次是到地铁站里接我们，我想她唯一的愿望就是早一秒看到亲人。

老妈在西安闲着无事，一针一线为我们缝了很多被子。为了迎接我们，她把家里收拾得格外整洁，为我们铺好了床铺，专门为镁婷挑了一个漂亮的被套。离开潮冷的广州，在有暖气的房间里睡觉，盖上老妈纯手工做的被子，从来不睡懒觉的我也想在被窝里多赖一会儿。从去年 9 月算起，我们已有半年时间没见面了，知心的话儿说不完，我突然觉得，过年除了吃喝玩乐之外，更重要的一个功能就是聊天，一家人聚在一起说说一年来的收获和成长。

大年三十早上，按照老妈的习惯，我给七大姑八大姨打电话拜年，平时老妈打电话觉得电话费贵，用我的手机，老妈把几个月没说的话都说了。当天下午，我们陪着老妈去商场，逛超市，也没有特别的事情，就是闲逛。西安的冬天并不算冷，行人匆匆忙忙，商场冷冷清清，街道上传来噼里啪啦的鞭炮声，提醒人们春节已经来到。傍晚吃完饺子就看春晚，微信红包让很多人和我一样，根本不知道春晚到底演了几个节目，老妈看了一会儿就去睡了。

大姐已经儿孙满堂，带着儿子孙子回老家过春节了。二姐春节期间还要上班，但初一休息，所以大年初一早上睡饱之后我们就去二姐家。二姐住在永宁门外，她在家里准备火锅，二姐夫到地铁站接我们，午后大家一起晒太阳、聊天、嗑瓜子，想到哪儿说到哪儿，想起什么说什么，那种感觉只能用四个字来说，就是无忧无虑。晚饭后我们步行至南门，华灯初上，五彩纷呈，格外耀眼。2008年，我们曾登过城墙，但大年初一晚上登城墙还是首次。我逛过广州的灯展，看过哈尔滨的冰灯，但西安的灯展更有气势，一个个花灯活灵活现，让人感叹。若要不是尿涨，估计在上面能逛到凌晨。

其实不管待在哪里，无论吃些什么，最重要的是和谁在一起。就像一对年轻的恋人，也许就是花几元钱，在路边买个糖葫芦，你一口，我一口，也是很幸福、很甜蜜的。

美好回忆

相聚的时间总是很短，虽有很多不舍，但我们正月初四就得返回广州，回广州还有更加特别重要的事情要做。当天早晨老妈很早就起床为我们收拾行李，准备饭菜。二姐、三姐全家都来送我们，本来那个家里的女主人应该是镁妈，此时反而把她当成贵客，镁妈又趁人多展示了一下厨艺，让大家吃好喝好的同时，也赢得了很多赞许。原来不仅镁婷喜欢听好听的，镁妈同样喜欢听好听的，在一片赞美声中，一个个菜碟底朝天。11点30分前后，他们送我们到地铁站，镁婷和他们一一拥抱，将三姑姑脸上的粉底全部蹭在自己脸上，老妈的眼里噙满了泪花，就连镁妈也觉得这次来回太仓促了，镁婷也还没有玩够。当晚22点24分我们回到广州，赶最后一趟地铁到了客村，再打出租车回到家里，时间已经是正月初五凌晨。我们的行李箱很重，里面装了很多东西，有核桃、苹果、黄花菜，还有馒头。

第二辑 杂谈

六天的行程，在西安只待了四天。难忘的场景历历在目，镁婷走到哪里都有人宠，天天享受公主般的待遇，所以根本不愿意离开，逢人便说："放暑假了我还会回来的！"正月初三大家专门带她去儿童欢乐城玩，炮也摔了，花也放了；她几乎尝遍了西安的美食，不管妈妈让吃的还是不让吃的，她都往嘴里塞，一个名副其实的吃货竟然一直保持着麻秆似的身材，让很多女孩羡慕嫉妒恨。镁妈温文尔雅，处处彰显读书人的理念。我带她逛了很多地方，走了很多路，她竟然不嫌累；跟老妈唠家常，她竟然能唠到深夜。镁妈到高铁站还说："若要车票能改签，多在西安待几天也好。"老妈每天念叨最多的一句话就是："我们再要吃些啥？尤其是她们要吃些啥？"和活泼可爱、伶牙俐齿的孙女在一起，老妈成天乐呵呵的，到处给孙女找好吃的，可是对于一个见过大世面，吃过很多美食的镁婷来说，她只热衷路边的糖葫芦和热狗。

春节团聚，老妈每天都很开心。我一直在反思，假若春节我们没回西安，老妈怎么过除夕？又会怎样想？除了姐姐的陪伴，她肯定会想很多很多。对我们来说，就是花点钱，路上劳累点，但为老妈送去了安慰，镁妈也尽了孝心，镁婷乐不思粤。

过年好，好过年！过年是吃喝玩乐，过年是享受亲情，更为了留下美好回忆。老人不图你为家做多大贡献，就图一个团团圆圆！我们期待着夏天，期待着放学，期待着下一个让镁婷乐不思粤的团圆！

有热心朋友要问？原计划腊月底有特别重要的事情要做，啥事啊？你猜。回广州还有更加特别重要的事情要做，又是啥事呢？你懂的。细心的朋友要问，为什么不提镁婷爷爷？我想说，对于老爸，我们只有思念。

刘权厚，男，甘肃省镇原县人。建筑管理高级工程师，项目管理金牌培训师；致力于项目建设合理工期研究，业余写作，爱好爬山和打羽毛球。

青色山河

弘扬五四精神,奉献火热青春

任青山

1919年5月4日在北京爆发的那场轰轰烈烈的反帝爱国群众运动,革命浪潮迅速席卷全国,各界民众同仇敌忾,共同奏起了一曲浩气长存的时代壮歌。1939年,陕甘宁边区西北青年救国联合会规定5月4日为中国青年节。五四青年节不仅是青年人的节日,更是传承"五四"精神的节日。

习近平总书记曾指出:"青年一代有理想、有本领、有担当,国家就有前途,民族就有希望。"我认为,无论是国家发展、社会进步,还是企业壮大、个人成长,都需要我们青年人做好五件事情:善于思考、勤于学习、勇于担当、敢于拼搏、甘于奉献。

当今时代,日新月异,从事地铁建设工程的我们经常遇到一些棘手的疑难杂症,工程行业需要现场实际的经验积累,这样才能更好地结合理论解决问题。在处理工程难题或者预防重大风险的过程中就是宝贵的学习机会,无论是专题会议还是领导、同事的一些指导,均为我们提供了学习平台,通过不断地学习总结,加以深入分析研究,思考钻研,对处理类似问题能起到良好的效果,再结合实际情况加以合理的创新,有时会有惊喜的收获。

担当其实就是勇于承担责任。从事地铁工程建设更是要有所担当,地铁是重要的交通的组成部分,承载着无数人的出行。还记得广州亚运会前,当时地铁工程建设面临压力大、时间紧、难度高等困难,最后建设者们勇敢前行,果断处理制约工程建设的难题,最终顺利完成了亚运线路的开通。那一刻,见证了多少人乘坐地铁来看亚运,心里油然而生一种从事地铁建设的自豪感。

拼搏就是要求我们迎难而上,敢于动真碰硬,啃下"硬骨头"。面对困难,不能等着条件成熟,多想办法才有解决困难的机会,这就需要有拼搏的勇气,敢于面对困难,这本身就是一种力量。当然拼搏并非盲目蛮拼,要掌握正确的方向、足够的信心与努力,才会有所突破,有所收获。

奉献,是一种爱。对个人而言,就是要在这份爱的召唤之下,把本职工作当成一项事业来热爱和完成,从点滴中寻找乐趣,努力做好每一件事、认真善待每一个人。一直以来,广州地铁建设总部团总支积极学习、传承五四精神,持续开展了志愿者服务活动(福利院服务、高考服务、学生服务)、义务修路、义务植树等一系列有意义的活动,奉献他人,快乐自己。

青年朋友们,我们正处于一个伟大的时代,人的一生就是要做点有意义的事情。我们正值青春,青春是用来奋斗的;我们热情,热情是用来拼搏的。我们立足本职,从点滴做起,一样可以在平凡的岗位散发出耀眼的光芒。

忙碌之中，稍稍停留

任青山

曾经有位同学写过这么一句话：快节奏的生活，偶尔需要慢下来，或午后喝杯茶、晒晒阳光，或坐趟公交车一路发发呆，或花点时间在图书馆翻一翻……

社会发展的必然，是物质趋于丰富、通信更加方便、交通越发快捷，但我们和自己的家人、朋友待在一起享受生活的时间却可能越来越少了。前段时间收拾家中杂物，无意翻到几张多年前的明信片，短短几句话，重复看了好几遍，欢喜之余，更多的是一份温暖的感动与满满的回忆，若不是不经意翻出，竟然几乎忘却了一些点滴。忘却恐怕是人生最大的悲哀与痛苦，其实忘却本身不可怕，可怕的是不该忘却的却被忘却了。

作家苗向东曾写过这样一段话："你有多久没有在晚餐后，与家人挽手于小区中、公园里、池塘边散步聊天？你有多久没有在阳光明媚的早晨安然地坐在家中，享受早晨？"是啊，很多人喜欢追着时间跑，抢着时间跑，以至于忽略了生活中最重要的一些内容。在如今的城市中，交通拥堵、环境污染、资源紧张等因素正在影响着人们的生活质量，而以"慢节奏"为代表的生活方式似乎逐渐成为破解城市病的药方之一。如果说"快节奏"是享受"慢节奏"的必要条件的话，那么，"慢节奏"就应该是"快节奏"建设的目标吧。这也许正是人们对生活状态的多元思考和对生活节奏的重新认知。

第二辑 杂谈

现代生活中,忙碌几乎是一种共性。我想,忙碌之中,可以抽空稍微慢点。稍微慢点并不是代表着拖延,更不是意味着逃避,而是在生活中找到一种平衡,缓下来思考忙碌之中的重点,理清思路及解决办法,从而能更积极地投入生活。我们有时需要适当放慢脚步,腾出更多的时间去关注身边的人、享受身边的风景、享受生活中的爱与被爱。

忙碌之中,稍稍停留。这不是一种时尚,而是一种幸福。

任青山,陕西吴堡人,工程师,业余爱好足球及读书。

一抓一把的研究生的时代，
学习没有一劳永逸

崔永静

今天第一次当面试官，为即将举行的两个国际会议招聘9名志愿者，这次面试让我有所触动，也看清一些事！谈谈几个感受：

1. 面试中有80%是研究生：社会竞争激烈，不能安于现状

我们招9名到18名志愿者，在我们给的待遇并不是很好且限定面试名额的情况下，来了20个人面试，而20人中竟然有16人是英语专业的研究生且好几个还来自985、211和省内重点院校。同事事后看到面试的名单，感慨说："为什么都是研究生啊？本科生哪里去了？这应该是本科生更积极的事情啊！"

面试中很多人都优秀，做过各种的翻译实践，优秀得我都有点不解，干吗还来参加我们这样的志愿者活动。虽说我们的会议是国际会议，但志愿者的工作基本都是基础性的工作。

细思极恐，那么多优秀的985高校研究生，他们都放下研究生的身段抱着平常心来参加这种志愿者活动来学习锻炼，突然倍感压力。比我更年轻、学历背景比我好的人、能力比我强的人都抓住每个机会在学习啊！而自己在现在的岗位有时还很放松，自我感觉良好。

以前好又怎样，那属于过去，学习没有一劳永逸，特别是在这个高速发展的

时代！面对那么多不断进步的研究生、博士生，不能懈怠、不能停止前进的脚步啊。不然轻轻松松就被这群人甩在后面啊！

2. 性格精神状态很重要

来面试的人中有好几个其实让我感觉英语水平相差不大，但精神状态好的，给人感觉积极、阳光的，立即进入我的确定名单。

印象很深的是一个 985 学校的研究生，长得也很乖巧，我觉得能力应该还是不错的，但在面试中她声音非常小，很内秀，因而让我很犹豫，她在工作中能不能很好地完成相关工作呢？另一个研究生，厚厚的一本简历，得了很多很多奖，得奖的数量写了两三页，但面试过程中给人感觉很"冷"！给我感觉不是很好，因此我没有选。而有几个，给人感觉积极、热情的，英文又非常流利的，让人感觉很舒服！其中的三个本科生就是这样，让我毫不犹豫地选择了他们。他们的表现让我觉得并不亚于研究生！

面试就是一场聊天和沟通，面试的对面也是人，大家聊得开心并不是说百分之百面试成功，但是聊得不开心、聊得不舒服那面试成功的概率很小！（当然排除一些技术性很强的岗位）而在其中，这场面试者和面试官沟通的过程，和一个人的性格和精神面貌有很大关系。还是有点体会到那句话"性格决定命运"！如果你不是很开朗的人，但至少尽量要体现出自己的积极和热情！

3. 男少女多，男生有优势

来的 20 个人中 17 个女生，男生只有 3 个，现在在城市里真的是女多男少啊！男生只要不是太差，男生妥妥地入围啊！

所以在城市里，要找个不错的男生做另一半，可能真的有难度！

4. 看到了曾经的我

看着一个同学自我介绍说了两三句后说不下去了以及让其介绍简历中的相关经历，她也没有说清楚，可能是紧张，同时可能准备得也不充分；一个同学全程没有微笑，不知是紧张还是个性就如此……从她们的表现，我看到了曾经的我，我曾经确实有过连英语自我介绍都没说得很流利的经历，有面试时不小心就咄咄逼人的时候……现在可能是换了个角色,发现其实面试没有那么难。不了解你,也难得细细去看简历,肯定"自我介绍"在哪都不会少。而招聘方的需求,比如说我招志愿者是想让他们去机场接外宾和会场服务,那就希望对方热情积极、英语流利,能简单介绍一下这个城市……就这么简单,其实其他岗位也如此,分析对方对此岗位的期待,尽自己能力充分准备,结果应该不会太差。

5. 没有入选并不代表不优秀

本来这次是为前一个论坛招10名志愿者,后一个论坛9名志愿者,其中可以共用一些人,但我后来觉得自己工作起来有点麻烦,想减少工作量,两个论坛共用一批志愿者。而这样会导致好几个我觉得不错的人不能入选。其实我挺想他们来工作的,但我专门还要再给那一两个人单独培训似乎有点麻烦,于是忍痛割爱没有选他们。在他们英语水平都差不多的感觉下,我只有再比较一下形象气质和当时谈话的氛围和感觉……

后来一个同学发短信来问哪里做得不好没有被选上,其实我知道并不是她哪里没做好。没被选上有很多原因,比如我是第一次招聘,我担心领导会说我为什么两个论坛不用同一批人而要不同的人?招的人为什么大多是我曾经的母校的人?怎么没有男生?怎么形象气质不太好等,面试官有自己的一些其他考虑。

面试官需要权衡和取舍。因此没有入选并不代表你不优秀,原因可能是多种多样的!在此很想告诉那些面试的同学,不必纠结于当下哪场面试没通过,只要不断前行,一定会有下一个成功!

很感谢有这样一个机会,让我换一个角度看问题,从而看得更清楚!

崔永静,从事南亚研究工作。一个英语专业八级、爱看书爱跑马拉松的经济学硕士软妹子。

第二辑 杂谈

我是驻村干部

曾 军

　　来到梅州市五华县流洞村扶贫驻村的第一天,我早早地起床,穿上跑鞋就踏上了村里的那条水泥马路。村里的空气真好,周边山林还有各种小鸟的欢叫和小溪流水的声音。我感觉我就是其中的一只小鸟,跳跃着、飞翔着……不过,欢快的心情也会被路边偶尔出现的一两只狗给搅坏,我怯怯地望着它,它也怯怯地望着我,然后擦肩而过。我在想,如果我们每天都在这里相遇,要多久它才会和我成为朋友呢?

　　跑完步,洗漱,吃完早餐就步行来到了流洞村村委。见过村支书和几位村干部后,我提出到村里走走并了解村容、村貌的想法,村支书爽快地答应了我的要求。流洞村的两边都是山,村中间流淌着一条河溪,村民的房屋依靠河溪的两边而建,从村头到村尾,按区域共分成18个生产队,整个村横跨长度近5公里。

　　一路走,村支书也一路给我介绍村里的情况,不知不觉从村头到村尾走完了全程。村支书憨厚地问我累不累,我笑笑,告诉他我经常走路和跑步。当他听说我早上来村里前就已经小跑6公里的时候,他向我竖起了大拇指,嘴里还喃喃地说道:"你这个广州来的小伙子怎么这么爱走路?"

　　为了锻炼身体,我在广州给自己定下每天走路20000步的目标。于是除了每天的上下班和平时上下楼积攒的步数,还需要在早晨上班前或下午下班后慢跑

10 公里才能够完成目标。如果碰到周三，下班后还会约上几个同事来到大学城，绕着大学城的外环一口气来个 16 公里，享受超过 30000 步的畅快淋漓。驻村前后，我生活的环境、工作的内容都发生了巨大的变化，但每天的走路、跑步、攒步仍在继续。第一天，我打开微信运动，20286 步。

第二辑　杂谈

山水美，乡土情

曾　军

　　驻村两月回广州，家人同事、亲戚朋友们见了我，都会这样"哇，你瘦了""你黑了""你去驻村，有什么收获呀"，每每这时，我似乎总有很多话要说，可是到了嘴边却不知道怎么说，只好笑笑，点点头，喏喏地说着："是呀，是呀。"

　　我还是我，瘦了，是因为我对自己更了解，对自己也更好了；黑了，是因为那是我向往的健康的颜色。驻村前后不一样的是我周围的环境，这也是我最想和亲人们分享的，是我在广州见不到的山水和风土人情。

　　流洞村是一个多山多水的乡村。流洞村的两面都是山，村子在两面山的山峡中延绵。当地村民常常用"八山一水一地"来形容流洞村，指的是这里由80%的山，10%的水和10%的地构成。但是这里10%的水不是说缺水，而是说没有利用好水。流洞村有丰富的水资源，一条河流从村中央流过，各处的支流多达几十条，河水清澈，长年不断。怎么开发这里的山，利用好这里的水，从而提高村民的收入，实现扶贫脱贫的目的，是我在这山水前所思考的一个问题。三年时间，筑坝将水留在流洞，依托丰富的山资源建成百亩水库，然后在水库四周逐渐种植果木。未来用十年，流洞村将发展为"五山四水一地"，拥有千亩水塘、千亩果林的渔木之乡。到那时，流洞村将真正成为山清水秀、民殷村富的美丽山村。以前看山水，只看眼前的美，现在看山水，看到的是未来的各种的美。

青色山河

流洞村也是一个有着典型的客家风情的乡村。有一种风情是茶，家家户户都备着茶具和茶叶，形形色色的茶壶茶杯，各类品种的茶叶，或豪华或粗劣，或昂贵或低廉。这些都似乎不太重要，重要的无论在哪里，只要进了屋，入了门，主人便会热情地邀你坐下，几分钟后便有一杯冒着热气的茶摆在面前，趁热喝上一口，微苦中带着甘甜。大家围坐在一起，虽初次见面，但似重逢老友，时间在不断地煮水、泡茶、斟茶、喝茶、谈笑中流逝。一杯茶，体现了客家人的热情好客，也体现了客家人的亲切豁达。

还有一种风情是娘酒。听村民说，客家的娘酒是由黑糯米加米酒通过纯人工的方式酿成，酿好的娘酒呈深色，喝第一口，微甜中带着米酒的香，然后就会忍不住喝上第二口、第三口……不知不觉中人已微醉，浑然不觉劳作一天的疲惫。一杯客家娘酒，体现了客家人的勤劳淳朴，也体现了客家人的坚韧向上。

另外一种风情便是祖屋。客家的祖屋都是一层的砖瓦房，祖屋中间是公用的客厅，客厅前面露天的天井，两边便是住人的房间。如果是大家族的祖屋，客厅还会分前厅、中厅和后厅，住人的房间也会更多。因为时间长久，现在的祖屋基本已经不再住人，正在逐渐地被楼房所取代。但是只要走进祖屋，就会感觉到在苦难岁月中那种一个家族在一起居住的欣欣向荣。一间祖屋，体现了客家人的智慧结晶，也体现了客家人对美好生活的无限追求。客家的风情，远远不止茶、娘酒和祖屋，但在茶、娘酒和祖屋面前，就能品味到客家风情的无限的魅力。

休假结束坐上回村的大巴车，我发现心里牵挂的，除了家人，还有远方的山水和乡土……

曾军，江西抚州人，广州地铁人力资源总部经济师。按照广州市统一部署，派驻至广东梅州市五华县转水镇流洞村。

第二辑　杂谈

春来多雨雾，跑马知时节

史俊沛

在自己没有跑马之前，我是连马拉松全程是多少公里都不知道的人。读大学就有夜跑习惯，经常跑长跑，目的只是想看看有没有"艳遇"，结果发现晚上跑步的女孩都是要减肥的。事隔多年，虽然已经发福了二十多斤，但自己认为身体底子还在，觉得比较容易练回来（后面我认为是毅力，跟体能其实没有太大关系）。

因为工作的关系，跟地铁的一些朋友接触较多。有一次聚会，我跟他们说我可以一次跑十公里不用下来休息。结果，地铁的老同志一有跑马的报名就微信给我，叫我去报名。后来我理解了，跑马的人都有一种想要别人加入他们团队的精神，权且叫信仰扩张力吧。

还是缘分，地铁的另一个朋友以前和我住同一小区，我们一直不认识，后来带小孩去儿童公园玩认识的。认识后发现很多东西简直是一模一样，老婆是以前的同学，小孩一样大，有时晚上去江边跑步是一样的路径，回来路上还在同一家杂货店买矿泉水，跑步的时速也是一模一样……后来就结伴去跑半马了，今年我已经搬到别的地方住了，没办法一起去江边跑步了，还是很怀念那段一起边跑步边吹水的日子。

这次清远跑马，我带着我公司一帮小伙伴过来，想把运动的气氛带给他们，让他们多锻炼，提高身体素质和心理素质（跑马我觉得最好的地方就是提高一个人做事情的毅力)。清远前一天酒店火爆，太晚订了，订不到房，还找了关系。清远的朋友听说我们来他地盘了，一定要安排吃饭，热情洋溢得无法拒绝，结果晚餐大家还喝了酒（这个很不提倡，听说很危险）。回到酒店，我这帮吃货朋友口口声声说朋友请吃饭吃不饱，要去吃夜宵，被我制止了。

第二天五点起床吃早餐，六点就出发到跑马的起点。这次的跑马我要开始吐槽了，安排还真比不上顺德容桂那次。

第一点，这次半马和全马、迷你马是不同起点的，那就应该在集合点明确地标示出各个地点的集合位置及明显的人流分流指示牌。而不是靠那些还没有系统培训过的人（临时志愿者）口头来给我们指方向，结果我在找衣服存放点时就被不专业的"临时工"指错了两次，后来还是靠着感觉找到了半程存放点。

第二点，人流太密集了，各分区没有分好，全马跟迷你马在最前面，半马在后面。其实应该让半马的人先跑，因为半马的人跑得快，而全马的人前半程都不会跑得太快，而迷你马？（呵呵，那些人来玩的，都在走路）。结果我们跟半马刚开始前进5公里的时候总是被前面的密密麻麻的人堵住去路，简直是半跑半走，应该把人分得不那么密才行。

第三点，天气太闷，因为要下雨（中间还下了场微雨），空气湿度非常大，结果跑起来是比较闷的。

第四点，跑完步在终点没有水喝，要走比较长的路才能找到喝水的地方。总之，我觉得这场跑马组织得不太专业、不太人性化。

清远的风景挺好，我一边跑一边看看风景，看看美女，看看奇装异服的怪人们。跑步结束，我们马上忘了来清远是来跑步，都是一群吃货，怎么可以放过清远的河鲜和走地鸡？开了一个小时的车跑到一个本地朋友介绍的河鲜大排档大吃大喝去了……我觉得跑马拉松关键是和谁一起跑，去哪里开眼界。其实吃饭也是如此，不在意吃什么，关键是和谁吃，聊什么。

史俊沛，马拉松和文学爱好者。

杧果树的约定

刘 佳

我出生在西北,对于"北大荒"的蔬菜瓜果十分熟悉,听"下过海"的父亲说:南方的水果特别好吃,杧果、荔枝、龙眼、榴梿等,这些水果名字在父亲的描述中特别"奇幻",让我充满期待。

世事变化,我随着父亲、母亲东奔西走,后来在南方定居。我如愿以偿地吃上了各种"南方美食",印象最深的就是杧果。那年我十岁生日,老爸兴高采烈地买了几个杧果回来。剥杧果皮是十分考验耐心和耗时间的事情,剥好皮满手都会沾满杧果汁,母亲帮我剥皮,甚至喂我吃,我吃完了杧果,美滋滋地在一旁擦嘴,却看到一旁的母亲在吃我吃剩下的杧果核和杧果皮上的果肉。

那年生日,妈妈问我有什么愿望?我说:"妈,我想坐飞机去北京天安门。"其实,父母的事业也是刚起步,母亲说:"咱俩约定等你长到妈妈肩膀这么高的时候,妈妈就带你去坐飞机。先把这个杧果种子种到地里,等到杧果树结出杧果妈妈就带你去北京天安门。"我把母亲一句玩笑似的约定当真了。

时光如梭,我长高了,埋在地里的种子也长出了一棵树苗,我渐渐能理解父母工作的艰辛,所以不再去追问母亲关于当年的约定。后来,我们搬出了公司临时给父母安置的宿舍,我却依依不舍地牵挂着那棵杧果树,它已经是一棵与我一样高的树苗了,在别人眼里它很普通,但在我眼里却十分特别。

我毕业走上工作岗位，每次回父母家，我都会去看看当年那棵杧果树。听父亲说，那棵杧果树每年结好多杧果，他们公司的人每年夏天都盼望着杧果的成熟，而我比别人有更多的一种期盼，见证约定。

去年母亲节，我带着鲜花回家探望母亲，母亲给我准备了我最喜欢吃的面片。没想到晚饭后母亲十分认真地与我谈起了多年前的往事，她说："佳佳，一晃就是很多年，还记得你十岁那年妈妈与你的约定吗？如今的杧果树每年都结出许多果子，而你早就超过了妈妈的肩膀，你长大了，妈妈为你高兴更为你自豪，但这个愿望妈妈一定会让它实现，我的好儿子！"

说着母亲抱住了我，我也抱住了母亲。这时我才发现母亲的身躯是如此的瘦小。当年她头上乌黑的长发更多的已经被白发代替，母亲为我、为整个家庭操劳了大半辈子，却一直没有忘记多年前那个玩笑似的约定……

今年的母亲节，我没能回家。我打电话向母亲问候，电话里我说："老妈，今年夏天我打算带着你和老爸一起去北京旅游，来回路费我包了，吃住嘛你们负责，你觉得如何！"母亲在电话一旁开心地应允了。

杧果树的约定——我与母亲的约定！

回青海

刘 佳

火车·铁路

23年前,在一个蓝天白云的午后,火车和一声划破长空的鸣笛把我从故乡带走。那是我第一次坐火车,感觉它很神奇,除了可以看见窗外逝去的风景,还能睡一觉就到达目的地。自从坐了那次火车后,我见到了绵延的铁轨,就会不自主地驻足,总是被经过的火车和轨道吸引着……

出发·一路往北

某一天,我想去找回已经模糊了的记忆。说走就走,去23年前的故乡——青海!

伴随着轨道接缝与火车轮有节奏的摩擦声,窗外仿佛经历了一年的四季,从绿油油的稻田到鸭鹅成群的湖泊;从绿树成荫的山峰到威武耸立的白杨林;从奔腾不息的长江到源远流长的黄河;从静悄悄的山川到漫山遍野的牛羊,眼前的绿意与江水慢慢淡出,取而代之的是矮矮的植被、光秃秃的山包、橙黄黄的河水。

我一次次地刷新着尘封的记忆。

险峻的悬岸深谷

到达西宁是第二天清晨。我们再沿着高速路一路向北,在海拔3000米的"云端",看到的依然是特别猛烈的太阳和久违了的蔚蓝蔚蓝的天空。车窗外的风景既陌生又熟悉,公路两旁放养的牛、羊吃着草,山间偶尔听到有汩汩的流水。我的心在一座又一座的山脉之间穿梭,环绕着盘山公路,远眺着覆盖着积雪的日月山。我的故乡在一片崇山峻岭中豁然开朗,从高处望去那个小村落旁边有一个巨大的堤坝,堤坝蓄积的湖水比蓝天还要碧蓝。这个堤坝叫作——龙羊峡水电站。

龙羊峡是我出生的地方,在藏语里译为"险峻的悬岸深谷",它位于青海省共和县境内的黄河上游,是黄河流经青海大草原后进入黄河峡谷区的第一峡口。水电站修好了,随着许许多多的建设者陆续离开,这个昔日"繁华"的村落也渐渐冷清,无从找寻父母从前辛勤的身影,就连与父母住过的老房子都消失得无影无踪。

眼泪决堤

我的情绪在这个空荡荡的村落中无头绪地奔跑,一时忘记了高海拔缺氧的情况,上气不接下气地跑到一块路标旁停住,眼泪顿时决堤。23年后,我回来了!但是过去的一切都已经成为过去,那记忆的碎片在这个时刻怎么也拼接不到一起,我捧起一把黄土任它悄悄地从指间随风吹散,我又捧起一汪湖水漏光了再捧起,就这样重复着,任眼泪滴到衣服上溅到土里……

后面的都只是风景

由于如今村落的死寂,我无奈地明白:回归故乡只是短暂逗留,然后就是又一次的离别。我们也到了青海湖，也看了油菜花，也经过了沙漠，但我的魂好像丢了，后面的都仅仅是风景而已。从龙羊峡回城的路上，有种落魄的感觉缠绕着我，自己是不是已经成为没有故乡的孤儿？或被故乡抛弃？或者说，多年前我们抛弃了故乡。夜晚梦醒发现已经浸湿的枕巾，却又在朦胧的记忆碎片中睡去。

阔别23载再回到这里，如今的水电站已经建成，大部分建设者们已经撤离，但它仍然为黄河上游调节水源、提供电力，这是造福子孙后代的工程，父母曾经在这里奉献青春。

我回程时，望着亲人们送别的身影，那一刻我终于明白了我的不舍，因为这铁轨连着我的家乡、我的亲人。惆怅、感慨，如今的我也和父辈们一样，建设着自己的生活，我们一定要比他们做得更好。

列车缓缓开动，一周的回归结束时，我心中溢出小诗：

手捧黄河水，伴我寻旧闺。
一束青稞穗，忆起儿时味。
离别廿三年，故乡大变迁。
破屋小平房，今儿寻不见。
数年未谋面，亲朋情依旧。
落座聊家常，话卷再蔓延。
时光奈匆匆，路长步稀松。
愿彼此安好，约定互相往。
列车即开动，鸣笛划长空。
思念随风去，泪水咽肚中。
人生而立时，犹记儿时梦。
洗清世间尘，共我再起航！

在回城的列车上，有一名十来岁的小男孩，他上蹿下跳吸引了我的注意力，

青色山河

小男孩的这趟旅途是去南方,就像那年离开时的我,开始去远行、去经历、去生活……

刘佳,2011年毕业于华南理工大学工商企业管理专业,管理学学士。骨子里流淌着的是北方人的豪迈与耿直,由于长期扎根南方,自嘲是出生在北方的南方人。大学一毕业就与他最热爱的轨道交通结下了不解之缘。爱好旅行和音乐,他希望通过镜头和纸笔记录下一生所见之美好。

第二辑 杂谈

鱼珠的姐妹花

刘启春

坐落在广州地铁鱼珠车辆段的鱼珠主电所,有一对不知疲倦的"变电姐妹花",她们分别是小静和小召。她们每天为广州地铁百万的客流提供电力服务,让乘客不出汗、不用力,安全舒适地从起点坐到终点;可以让深达地下十层楼高的、没有光的地铁车站一天24小时白光如昼;只要她们不打呵欠,就可以给你一天24小时太阳不下山的感觉;车站站厅、站台,永远都是那么明亮,永远都是那么宜人清爽;不管这座城市是晴还是雨,在这里都可以让我们生活在恒温25度、湿度70%的理想环境里。如果车站再加上一点琴棋书画的点缀,乘客在地铁车站活动范围内都会舒心畅快。

对了!小静是鱼珠1号主变电的绰号,小召是鱼珠2号主变电的绰号。她们既神圣,又神秘,即使我们是一直以来都陪伴在她们身边的好朋友,平时在她们身边走过路过的时候,也只能站在铁网栏栅外面远远地看一看,瞧一瞧,而不敢越雷池半步,保持安全距离才能各自平安。

姐妹花身价不菲,单个身价接近上亿!她们从出生到鱼珠主所稳扎根据地,深耕属于自己的那一份工作岗位,勤勤恳恳、任劳任怨,只上班不休假。一年365天,有360天她们都处在工作状况。也许正因为如此,对于维护她们的变电专业人员,她们的休息时间就显得尤其宝贵。因为她们在工作状态与休眠状态下,简直判若两人。她们在正常的工作状态下，只能用红外线远距离探测。但是在休眠状态下，我们可以通过数据线与她们建立通讯交流，进行信息交换。

她们工作的时候默默地传递正能量。平时我们只需要提供专业用油给她滋养，帮她疏散多余的热量。如果这个油的温度超过80度的时候，她就会"咳嗽"两声；如果我们变电医护人员忽视了她的咳嗽，这里的油的温度继续升高到一定程度，比如超过90度（这些整定值是可以按照运行的实际环境进行调整的）的时候，恐怕她就要罢工休眠。

一年到头，如果没有特殊情况，她们二姐妹一般是不允许同时休假的，除非找河南主所的那一对姐妹花，或者瑶台那对姐妹花来顶岗。她们很低调，从不炫耀自己，一起为广州地铁奉献光，传递电力正能量。她们从2009年在鱼珠主所出生，6年时间2000多个日子里，她们一直坚守在自己的岗位上！期待2017年，鱼珠主所的变电姐妹花能够与我们变电的兄弟姐妹继续合作，为广州地铁的事业添砖加瓦，再创辉煌！

第二辑 杂谈

二回路供电的变电人生

刘启春

是夜,皓月当空,透过窗,唤起睡梦中的我,照进我的心房,勾起我的思绪。于是,我款款起身,爬过床头,伏案起笔,回忆我的过往,回忆我的变电人生。

踏进地铁,不知不觉我已经度过了18个春秋。从加入地铁大家庭起,我就进入了变电阵营,在与变电设备交往18年的历史里,我们成了好朋友,有了感情,它也给了我启迪。

在整个变电所的设计理念上,使用二回路供电方式,让设备可以得到持续的不间断电源,从而保证了可靠、稳定的供电质量。

在供电区域上交叉供电,互不干扰;在供电系统联络上,又可以统二为一。什么意思呢?比如我将一个房间的照明灯管分别用"1"和"2"进行标识,并用1、2、1、2……连续排列。凡是"1"的灯管使用供电一回路供电,凡是"2"的灯管使用供电二回路供电。这样,即使供电一回路有故障或意外停电了,使灯管"1"不亮,但是,这个房间的照明还有供电二回路,所以,灯管"2"心照不宣,扛起照亮房间的责任,这就是在供电区域上交叉供电,互不干扰。

同时,在联络机制上,供电一回路与供电二回路有母联联络开关,在一定的机制下,供电一回路完全退出运行时可以合上母联联络开关,由供电二回路对灯管"1"和灯管"2"进行供电。同理,供电二回路退出时也可以由供电一回路对灯管"1"和灯管"2"同时供电。这样，灯管"1"和灯管"2"都可以得到持续不断的电源供给，完成照亮整个房间的任务。

然而，我们人生的不间断电源在哪里呢？怎样才可以持续不断地照亮整个心房？

带着这个问题，走进了人生大学堂。人生大学堂没有标准答案，这里没有名师指点，也没有周立波的"梦想照亮现实"。但是，在每个人的脚下都有一个踏实的、或深或浅的脚印，这个或深或浅的脚印验证着自己的心灵世界，印证着自己的努力与执着，个中滋味只有自己最清楚，体会最深刻。

2016年上半年已经远去，下半年的步伐刚刚迈出。专注于现在，走好每一天，踏实每一秒，向着阳光，珍惜自己，相信每个人都可以获得持续的不间断电源，照亮自己的心房，度过一个健康、快乐、充实而又美满的人生！

刘启春，广州地铁运营二中心行车设备维保二部变电三分部。普通，但不甘于平庸，敢于担当，积极参与各种社会公益活动。

第三辑 诗词

龙 珠

杨浩玉

千年前，你是一条受伤的蛇
你被磅礴的大雨冲进了那条叫忘川的河
遇到我时，你的目光正渐渐失去光泽
我的心充满着怜惜，便毫不犹豫地打开门
让你从此在我的世界疗伤、栖息
无论风雨，都有我为你遮挡
无论冬夏，都有我为你牵挂
在我的世界里，山河永寂
唯一行走的只是岁月年华

天地日月，何处繁华笙歌落
人间几度菩提泪，青莲雪
你一睡，就是一百年
我曾经试图爬上奈何桥
看一看三生石上
是否有你前世

第三辑　诗词

今生的记忆
然而我的修行如同坠花湮
一次一次湮没
一曲又一曲风涟
我只好站在彼岸花开的地方
静静地等你醒来
这一等，就是一百年
忘了水落红莲，也断了三千痴缠
你终于醒来，容光焕发
却相顾无言
其实我很想知道你从哪里来
又是谁把你伤得这么重、这么深
但是往日不可追，今朝有酒今朝美

于是，我不问你过往
只带你沐春风温柔，望夏空绚烂
看秋叶静美，赏冬雪晶莹
轮月圆，仿佛又是一段朝夕缱绻的流年
如果不是你的那句我要修行
我们的日子是不是将永远这般
细水长流

你开始修行
为了五百年化蛟、千年化龙
我不知道你去了哪里
是不是烟波浩瀚的山林

青色山河

相思渺无畔，没有想到这场离别

却成了我无法抑制的伤

此时此刻的我

多么渴望也能成为一条蛇

千里追随，只为君回首

我只能默默流泪

韶华倾负，岁月流淌

一晃四百年

你始终没有来

我的泪却变成了珍珠

你还记得彼岸花吗？

那次夜色如水清冽

她盛放得满天婀娜

其实她在传递我对你的思念

我在用尽最后的力气

等待你能回来看我一眼

然而你还是没有来

我褪尽风华

化身最为耀眼的珍珠

掩埋于忘川河泥沙之下

又过了五百年

你终于来了

你已实现心愿

变换为龙

你的身后还跟着一只清秀俊俏的小龙

第三辑　诗词

你把我从沙河里淘出，泪光蒙眬

突然，你的一滴泪掉在我身上

那一瞬间，我仿佛得到了

上天赐予的神奇的力量

我感觉我要冲破一切束缚，喷薄而出

然而在你的一声叹息后终究没有神话

桃花十里，只有断肠在天涯

又是一千年

身后花开成雪

我已化身人间平凡的女子

不倾国，也不倾城

我敲开一座庄园的门

我闻见了雄黄酒的醇香

我听见了一个家丁惊慌失措地说

蛇，蛇，逃走了

我看见远方梨花路上

正有一个踉跄行走的白衣公子

他回眸一笑，霎时惊艳

我心中默念

陌上人如玉，公子世无双！

杨浩玉，四川广元人，喜欢诗歌、小说，在各种平台发表文章 50 多万字。希望能用文字触摸世界的温度，感受你我之间的奇妙灵魂。

遇见你的时候

黄更生

走进古朴肃穆的校园
期盼那张熟悉的笑脸
望那枝繁叶茂的萍婆树
再没机会坐在那里侧耳聆听
声声呼唤着你的名字——虎山中学

六根大圆柱,依旧挺立着胸膛
悠扬的古钟声,一缕缕刻在心房
叹那树下老人无私一世传奇
笑那才子佳人奈何错失良缘
俱往矣一别难再聚

犹记当年书生意气叛逆期
抗拒老师翘课躲在沐浴间
一页一页啃那书本知识
木棉树,绿茵场,校园小径

第三辑　诗词

尽是踩过疯过的痕迹
在最叛逆的年龄，邂逅了最宽容的你
在最美的年华里，相识了最多情的你
正静信进的校训，百年沉积
浸润每一位学子的心灵

遇见你的时候尚一身稚气
重聚时才发现已难舍难离

三生有幸
在毓秀的校园里坐看三年的云卷云舒
依然百看不厌

一念执着·
在熟悉的旋律里期盼百年的风华更茂
依然矢志不渝！

青色山河

卜算子·韩江畔遇春

黄更生

江岸乍逢春,
渔棹归烟渚。
芳草萋萋自吐香,
不共斜阳语。
屈指数春来,
弹指惊春去。
倘使人间春常驻,
愿把青春许。

永遇乐·紫陌长安

黄更生

一杯浊酒，逆旅追思黯，
曾经风雨，落寞情怀。

一游陌上，烟柳摇舟散，
浓情几许，浅唱徐来。

一笺锦调，翠袖风华赏，
新词月赋，旧憾花筛。

一歌岁月，沧海笑荏苒，
魂消故里，望尽高台。

  黄更生，梅州大埔人。从事 IT 业近 20 年，擅长提供 IT 资讯、战略规划、资源整合和融资服务，目前负责一家管理会计软件公司。致力发掘传统文化，倡导公民儒学，从事公民教育和环境保护。

青色山河

奶爸在路上

雷 凡

一壶奶
装在粉色的保温袋中
我以为每天奔波几番
送去一壶壶母乳,是爱

一个微笑
映照在保温箱的玻璃板上
我以为每隔一日的看望
看你睡梦中的辗转,是爱

一个短信
查看微信上的每一份检查报告
我以为百度一个个指标
学习不曾了解的知识,是爱

一件件婴儿衣

第三辑　诗词

折叠在衣柜中好几个月
我以为每隔一段时间翻出来洗晾
只为你穿着健康，是爱

一辆幼儿车
晾在房中不少时日
我以为摸清每一个功能
释放可能存在的有害物质，是爱

奶爸不累，爱在路上

青色山河

同桌的你

雷 凡

有些年我的回忆
浓缩成一滴墨水
画着一张张的素描
春天里的暖阳
晨雾朦胧
大家团团坐在教室里
喧闹着

教室大门突然跑进一位小姑娘
晨雾化水挂在她的流海上
睫毛尖
她小声地叫了声
报告
教室里顿时失去了喧哗
沐沐晨光
亭亭玉女

第三辑 诗词

旋即弃大家而去

她居然嫁人了

就如浪花朵朵

有人魂灵出窍

有人那年栽了一棵树

在心尖尖里

树上面有风清云淡

云的上面

是岁月如梭的博大天空

一个小姑娘不知嫁给幸运的谁了

有那么个瞬间，我后悔当了妈

刘　昱

儿啊，你知道吗
在人流密集的商场，你大声喊我"阿姨"的时候
我差点就想把你扔出去了，这么小就是个"白眼狼"
那一刻，我有点后悔当了妈
但是，只要你一叫我"妈妈"，我又不后悔了
虽然你是个熊大，但是我还是想再要个熊二

臭丫头，你知道吗
当你一晚上醒十次，你爸却在呼呼大睡的时候
那一刻，我不仅后悔当了妈
而且还有种想杀人的冲动
但是，看着你安睡的脸蛋，长长的睫毛，我又不后悔了
虽然你是个一夜醒十次"女郎"，但还想继续搂着你睡

儿啊，你知道吗
作为工作一流貌美如花的你娘的儿啊

第三辑　诗词

每天晚上七点，都能准时收到老师的投诉微信
那一刻，我有点后悔当了妈
要是没有你，我就是完美女神了
但是，有一天老师在家长群里表扬了你，我又不后悔了
虽然你总是调皮捣蛋，但是你依然是我最大的骄傲

儿啊，你知道吗
你娘的闺蜜时不时来场说走就走的旅行
在朋友圈晒美美美的自拍照
我却只能一日三省吾身：如果我走了
娃吃什么？娃穿什么？娃玩什么
那一刻，我有点后悔当了妈
我的朋友圈里都是你的照片
但是，每拍出一张有你灿烂笑容的美照，我又不后悔了
我一定是世界上拍你拍得最好看的人
在我眼里，你比凡凡帅多了

臭丫头，你知道吗
你娘已经有180又1天没逛过商场了
哪有这个闲工夫
还是趁你睡了摸出手机刷刷淘宝吧
那一刻，我有点后悔当了妈
反正去商场也是陪你上兴趣课，无暇顾他
但是，每当把你打扮得像个小公主，我又不后悔了
我一定是世界上最会装扮你的人
在我眼里，你比冰冰还要美

青色山河

儿啊，你知道吗

有时候我真的好想不要你爸了

你都一岁了，他还不会冲牛奶

"先放水还是先放奶粉？要用 100 度的开水吗"

那一刻，我有点后悔当了妈

怎么瞎了眼跟这样一个家伙生了娃

但是，有时候你趴在爸爸肩上睡熟了，我又不后悔了

我老公还是有帅气有可靠的时候嘛

臭丫头，你知道吗

一天 24 小时

想要看书、想要上课、想要健身、想要提升自我

可是时间都留给你，我的精彩人生去哪了

那一刻，我有点后悔当了妈

生娃生得太早了

但是，下定决心和你分开一阵后，每天都在日思夜想

好想见到你

好想知道你在做什么

终于到了和你重逢的日子

看见小小的身影飞奔过来喊着"妈妈"

我再也不后悔当了妈

后记：

有没有觉得在孩子出生的那一刻，宇宙仿佛发生了一次裂变？无论你喜欢孩子还是讨厌孩子，在当了父母的那一刻，都会发生意想不到的变化。当妈真的会后悔吗？不，即便自由抽离，身心疲惫，仍有你的欢笑疗愈我心。

一场伤心的恋情

刘 昱

我和我的小女儿

陷入热恋

她的眼里只有我

捧着我的脸

像捧着全世界唯一的珍宝

再敲上专属的吻

可这终究是一场伤心的恋情

她会遇到新的爱人

而我

会目送她远行

这是造物主的安排

是母亲的本能

更是彼此选择的人生

青色山河

刘昱，清华中文系本硕，上过擂台留过洋，养娃路上脑洞清奇。喜欢用不一样的观点聊聊绘本和桌游，诉说带娃的喜怒哀乐。家有三岁"话痨"小姑娘，卖萌担当，也常常语不惊人死不休。

凤凰花开

卢书桃

我看见凤凰花
一路走来，一路盛开
一簇簇，一团团
绚烂
燃烧
如同天边刹那的火焰
散发着炽烈的光彩
花若丹凤之冠
叶若飞凰之羽

难道鸟必自焚才能成为凤凰
展翅飞向自己的天空
轻狂不知疲倦
惊鸿一般短暂
不要说
青春如此蹉跎

青色山河

生命本是虚幻

快抓住

今天

这快慰的梦幻

第四辑 小说

魔 方

杨浩玉

（一）

　　昆明，又是一个春天。胡锋佳穿上一件外套，便带着6岁的儿子去商场买玩具。
　　玩具店的商品琳琅满目。儿子扫了一圈，最后拿着一个魔方，站在胡锋佳面前轻轻地说："爸爸，我要这个！"胡锋佳的眼神出现一丝惊喜，他从儿子手中拿过这魔方，认真端详。他发现现在的魔方和以前大不相同了，以前是标准的配色，前红、后橙、上黄、下白、左蓝、右绿，现在呢，各个小方块都有图案了。只见一面的图案是一位父亲牵着儿子的手在绿草地漫步。就这么一眼，胡锋佳就喜欢上了这个魔方。他温柔地对儿子说："好，我们就买这个。"
　　儿子其实不会玩魔方。接下来的日子，胡锋佳开始手把手耐心地教儿子玩魔方。他先把排列整齐的魔方打乱，虽然有十多年没有玩魔方，可他对魔方的感觉恍如昨天，依然那么熟悉。只见他十指飞快地转动着，"嗖，嗖，嗖"地拼了起来，不一会儿，全部都还原了。儿子在一旁看呆了。这个春天，他目不转睛地看着，专心致志地听着，慢慢地也懂得了一些诀窍，开始疯狂地迷恋上了魔方。这个春天，胡锋佳也觉得特别充实、特别开心，围绕魔方，父亲与儿子有了共同的话题。在公园的花海里，在郊区的田园里，都留下了父子俩欢快的笑声。

在春天即将结束的时候，儿子终于能把六个面完完整整地拼出来。他开始潇洒地向同桌炫耀这一"神技"。

（二）

同桌是一位可爱的女孩子。当夏天来临的时候，她脱去了一件外套，整个人更显得娇小轻盈。

她对小男孩的表演惊叹不已，她没有想到他的手指居然能如此灵活地上下翻转，更神奇的是，每次都能使魔方上面展现出同样的图案：一个小男孩为女孩撑着小花伞，他们手牵手在风雨中行走。对这个图案，女孩特别喜欢，每次看到男孩翻转到这里结束的时候，她的思绪就情不自禁地随着图案飘向远方，她心里渴望，渴望她就是图案中的那个女孩。

这个夏天过得特别快。在忙碌的学习中，女孩很感激同桌给她带来的快乐。她也开始想学玩魔方，她想看自己纤细的手指，是否也能像男孩一样潇洒而又熟练地玩动这魔方。

可是，让女孩非常难过的是，她没有机会向小男孩请教了，她要随父母去南方的一座城市就读。她隐隐约约从父母口里知道，那个城市叫广州。

临别的时候，女孩流泪了。小男孩也很失落。他知道女孩想学魔方，于是就把这魔方送给了她。

夏天就这样过去了，谁也没有挡住离别。

（三）

这是秋天么？女孩有些疑惑。为什么广州的秋天如此热？

女孩来到广州，水土不服，生病了。父母忙于工作，留下来照顾她的便是大她12岁的哥哥。

她问:"哥,你会玩魔方吗?"哥哥扑哧一笑,80后的孩子,哪个不会玩?

女孩儿喜上眉梢,开始缠着哥哥教她玩魔方。

多年没有玩魔方的哥哥,看着这有图案的魔方,也顿时来了兴致,他手指熟练轻巧地翻转着。女孩的眼光有些蒙眬,她又想起了家乡的小男孩以及他翻转魔方的那种认真、那种自信。

有了哥哥的照顾,女孩很快好了起来。在广州秋天真正来临的时候,女孩也学会了玩魔方。她会经常拼出一个图案给哥哥看,那是一个哥哥抱起妹妹过河的图案。每当这个时候,哥哥就会摸妹妹鼻子一把,笑着说:"你看我对你多好!"

(四)

哥哥因为工作调动,在一个凌晨乘坐飞机赶往成都,那个时候女孩已在睡梦中做着五彩斑斓的梦。

这个时候的成都,已进入了冬天。

到了成都,哥哥才发现不经意间把妹妹的魔方夹带在行囊里了。他给妹妹打去电话,电话里的妹妹出人意料的淡定。她温柔地说:"哥哥,你要帮我看好它!"

哥哥顺手把魔方带到了公司,闲暇无事的时候,也拿出来玩玩。

有一天,一位女同事从她旁边经过,看到了魔方,便很礼貌对他说:"能借这个魔方给我玩一会儿吗?"

这是新来的女同事,她很美,像春天里的杜鹃花。哥哥看她的眼神,像喝醉了酒。哥哥满脸都是笑容,并双手把已经拼好的魔方递到美丽姑娘的手中。姑娘一眼就看到了上面的图案:一个抱着一束花的男子亲切地注视着面对面的女子。姑娘的脸上不经意飞出一朵红晕。

说是一会儿,姑娘却把魔方带出了公司。她和男友相聚在一个"陌上花开"的西餐厅。她把魔方的一面展现给男友看:这是一个校园,一个女孩正深情地望着一个男孩的背影。男友看了看魔方,轻声问道:"你怎么有这个魔方呢?我记得我弟弟一段时间也整天玩这个……"

结束聚会后,姑娘又把魔方带回了家里。母亲突然看到桌子上的魔方,眼睛竟有些湿润。当然这一幕,女儿并未看见。

(五)

冬天终于过去了,昆明的春天又来了。

胡锋佳正在教儿子写作业的时候,一个快递员送来了一个大包裹。他打开一看,是一个由上百个魔方拼成的巨大魔方。魔方的图案是他一辈子都无法忘记的画,一家四口,手牵手在花海中漫步。大魔方右上角还有一封信。他有些颤抖地打开那封信。

那时花开那时笑。在朦胧中,他又回想起了那些玩魔方的日子,那些与青春有关的美好岁月。

只听见一个清脆女声响起:"魔方核心是一个轴,并由26个小正方体组成。"

另一个磁性的声音接着:"我知道小方块有6个在面中心,8个在角上,12个在棱上。"

那个清脆的女声又响起:"你不知道,如果你一秒可以转3下魔方,不计重复,你需要转4542亿年,才可以转出魔方所有的变化。"

假如时针和分针搬了家

赵 帅

一

妈妈回到家,发现扭扭小朋友正愁眉苦脸地看着闹钟。

"怎么了?"

"妈妈,这是几点钟啊?"妈妈被突然这么一问,有点懵了。

"什么?"

原来,扭扭看着墙壁上挂着的时钟在发问。

这个时钟是从宜家买来的,设计简洁大方,给小朋友们用来进行关于认识时间的训练是再好不过了。

扭扭小朋友刚刚学习认识时间,正在为晚上的作业发愁呢。

晚上老师布置了什么作业呢?老师让家长陪同小朋友一起认识时针和分针。

"其他小朋友在幼儿园的时候,或者很小的时候,爸爸妈妈就开始让他们认识时间了,可是我一直没有接触过。"扭扭小朋友开始觉得犯难了。这可怎么办是好呢?

第四辑 小说

"你看看,短针是时针,长针是分针。短针走一大格就是1个小时,长针走一大格就是5分钟,长针走一小格就是1分钟,所以,短针走一大格,长针就走了60小格。"

"哎哟,真是麻烦,我的头都大了。"扭扭小朋友有些沮丧地说。

她禁不住偷偷想,要是这个世界上的时间表示方法简单一些就好了。假如时针和分针换了位置呢?

有没有更好的方式?

睡梦中,扭扭小公主又回到她的城堡了。

睡眼惺忪的扭扭小公主,揉了揉眼睛,远远地传来一阵阵鸟鸣声。

她一早醒来,如意小精灵在流苏中摇摆起舞,此时如意小精灵又是粉红色的了。

"小公主,小公主,在这里,时针和分针果然换了位置。"

小精灵小爱也娇滴滴地说:"小公主,按照您的要求,我们国家所有时钟的时针和分针都自动换了位置。"

扭扭小公主看着窗外的天,蔚蓝的天空如洗过一般明净,现在是吃早餐的时间了。

"呃,不对不对,"胖胖身体的厨师满头大汗地跑进来说,"现在还不到时间点呢。"

"可是我的肚子饿了。"

"没有没有,我们都是按照时间点来煮饭的,您看,现在才4点零7分。"

"不对不对,现在已经7点20分了。"

"小公主,你又糊涂了,不是您前天发布法令说,我们国家的所有时钟,都要把时针和分针调换位置么?现在我们都按照您的法令实施了啊。"

小公主听罢,没有好气地说:"退下吧退下吧。"

这个厨师也郁闷地出去了。

"非但小公主,我的肚子也饿了,可是现在还不到时间呢。"厨师无奈地看着晴朗的天空，心想，这个法令到底是好还是不好呢？哎。

时钟滴答滴答地走着，不知过了多久，在精灵王国的小精灵房间里，小粉小爱噘着小嘴，冲着如意小精灵发脾气。

"你看，你看，现在都几点了？"

如意小精灵看着时钟，皱了皱眉头，忽然又大跳起来！

"这下子好了，这下子好了，中午12点了。"

二

只见金色的时针和金色的分针重叠在一起，时钟发出清脆的滴答滴答的报时声。

小粉和小爱还没有明白过来。

如意小精灵开心地飞舞起来，在房间中不住地翻滚，耶！

到中午了，大家终于可以吃饭了。

饿坏了的小精灵们一拥而上，以优美的舞姿飞舞进小公主的房间。

咦？小公主呢？

原来，饥饿的小公主早就坐到了餐厅华美的椅子上呢。

厨师开开心心地将香喷喷的饭菜端上来，今天可是做了一桌丰盛的午餐呢。其中还有小精灵们最喜欢吃的胡萝卜。

大家低头吃完饭，心满意足地走到花园里聊天。

花园里有一个很大的时钟，它的时针和分针都是用翡翠做成的。

如意小精灵看着这个时钟说："不对，不对，咱们都是大傻瓜了。"

"你们看，现在时针和分针互换了位置，从4点7分开始，很快经历了5点7分、6点7分、7点7分、8点7分、9点7分、10点7分、11点7分、12点8分，那么，按照这里的时间，我们在早上就可以吃到午餐了呢。"

不对，不对，娇美的小粉冲着得意扬扬的如意小精灵说："不对，不对，照你这样说，我们已经经历了很多天了呢。"

"什么？"

"你看，我们饿肚子之前，已经经过了1点8分、2点8分、3点8分、4点8分、5点8分、6点8分、7点8分、8点8分、9点8分、10点8分、11点8分、12点9分，再以此类推，1点9分、2点9分、3点9分、4点9分、5点9分、6点9分、7点9分、8点9分、9点9分、10点9分、11点9分、12点10分……等等呢。"

"哎，你可快别等等了，我都快糊涂了。"小爱生气地说道。

"我的脑袋都被你们说糊涂了。"

小粉的小脸蛋越发粉嫩起来，她气冲冲地说："怎么是被我说糊涂的？本来就是这样子嘛。小公主最新发布的法令就是这样子的。这怎么能是我说糊涂的呢？"

"不是，不是，我没说你说得糊涂。我是说，这件事糊涂起来了。"

"你刚才明明就是在说我说得糊涂呢。"

"没有，没有呢，我不是那个意思。"

"你就是那个意思。"

两个人生起气来，谁也不理谁。

咦，阿拉丁的公主阿拉丁的魔，阿拉丁的公主谁也不理谁。

如意小精灵这时也发愁了。

"大家先别说了，别吵了，我困了，现在还是回去休息吧。"

小精灵们陪同扭扭小公主回到寝宫去了。

这还不算什么呢，王宫外的大街小巷，现在已经吵闹成一团。

只见有的商铺开门，有的商铺正在将大门的闸门拉下，有的商铺已经将大门关得紧紧的。

市民们吵吵嚷嚷，说个不停。

三

"为什么不开门？我要买面包回家，昨天在这家商铺里买的蓝莓面包香甜可口，我的孩子吵闹着要再吃呢。"一个胖大婶儿说道。

"不对，不对，阿姨，您先别吵，现在不是开门的时候。"

店员扭头看了看墙壁上的时钟，说道，"现在不是3点12分吗？我们家的店每天都是下午3点钟关门的。"

"那可是胡乱说了，现在明明是中午嘛。你看，太阳不是在我们头顶吗？"

胖大婶和瘦高的店员吵闹个不停。

只见街道上的人群越来越多，直闹到王宫门前。

"小公主，小公主，请出来为我们做主！"

门口的人群聚集得越来越多。

小精灵们飞来飞去，不停地向公主传递外面的情况。

"小公主，外面聚集着一群人在请愿呢，要求您出面将时针、分针的法令解释清楚。"

一些大臣也纷纷涌入宫殿中，那个急脾气的充气大臣此时又变得气鼓鼓的，浑身怒火。

扭扭小公主的眼泪都要出来了。

大臣们议论纷纷，说不只是商铺，超市、学校、邮局、医院等，到处都塞满了无所适从的人群。

小公主眼睛咕噜噜一转，冲着正在吹胡子瞪眼睛的大臣说："好了，好了，我知道你们的想法了。这样子好了，既然大家根据最新的法令，不知道现在是什么时间，那就通过自己饿肚子的感觉，判断时间好了。"

她笑嘻嘻地对着与愤怒的充气大臣同时冲进宫殿里的一位矮个子大臣说道。

矮个子大臣历来是精灵王国大臣中最忠心耿耿的一位，他听完扭扭小公主的话,转念一想,也有道理,于是,就转身离开了。

于是,这个王国的时间法令又变了。

所有的人都听到王国的广播传递着这激动人心的消息。

"好消息,好消息,为了避民全体臣民对时间产生混乱,影响居民们的正常工作、生活,扭扭小公主决定,今后我们以居民们肚子饿的程度作为时间的判断依据。当早上人们肚子饿了的时候,就是早上了;当中午人们肚子饿了的时候,就是中午了;当晚上人们肚子饿了的时候,就是晚上了。请各位居民知晓。"

终于,时间法令进行了更正。

这下子,大家该满意了吧。

扭扭小公主在甜蜜的梦乡中,梦到了一幅五彩绚烂的画面。在这个迷人的世界里,没有了时钟,每个人都凭借自己的判断,做各种各样的事情。每个人都自由自在地生活着,音乐家幸福地作着美妙动听的曲子,当他饿了的时候,就去吃一顿美餐;画家也在画布前自由自在地涂抹着动人至极的画面。

四

叽叽喳喳,叽叽喳喳,花园里又传来了清脆动听的鸟鸣声。

蔚蓝色的天幕下,花朵上闪烁着晶莹的露珠。

又是一个晴朗的天!

扭扭小公主心满意足地在花园里锻炼着,花园里响起了欢快的歌曲。

"左三圈,右三圈,脖子扭扭,屁股扭扭,早睡早起,咱们来做运动!"

她正一边听着歌曲一边做着运动,看着小精灵们成群结队地绕圈飞舞起来。

"哈哈,扭扭小公主早啊!"

"你们早啊!"

娇美的小粉亲昵地冲小公主一笑。

今天真是自由自在啊,再也不用听到令人心烦的闹钟声音了。

这就是自由的感觉啊!

如意小精灵还是一如既往地精灵古怪,她悄悄唱起了曼妙的歌,纵声歌唱道:"这是多么自由的一天,这是多么美丽的一天!我爱这晴天,我爱这晴朗的蓝天。"

扭扭小公主睁大了圆圆的眼睛,然后哈哈大笑,整个人都滚到了地上。

"你这歌曲,旋律实在是,哈哈,太搞笑了吧。"

笑声还未落,翠绿的树木猛然抖动起来。

花园里的树都是玉树,只是这种玉的材质世所罕见,是非常柔软的翠玉。

砰砰砰,砰砰砰,宫殿的大门被砸得通通直响。

高矮胖瘦不一的人,纷纷涌入。很快就从宫殿里穿过,闯入了花园中。

那些碧玉树木感受到了汹涌人潮带来的气息,害羞的碧玉树像含羞草那样紧紧缩成了一团。

"不要吵嚷。"宫殿的护卫们慌忙冲了进来。

"镇定,镇定。"在护卫的全力维持之下,花园的秩序终于安静下来了。

居民们开始你一言我一语地说起自己的事情来。

原来呀,还是为了时钟的事情吵闹的。

经过了昨天一下午和一晚上的新法令,开始时,人们觉得自由自在,简直是幸福极了。工厂里饿了肚子的人,看看左右的人,觉得自己的下班时间到了,便大大方方下班了。可是呢,他走到地铁站一看,嘿,地铁站里挤满了人,却不见地铁列车。原来地铁列车的司机并没有觉得饿肚子呀,他昨天中午吃了3个汉堡包,直到太阳落山时还觉得肚子饱饱的。

可是当地铁列车司机饿了的时候呢,他想出去再买几个汉堡包。谁知,快餐店早就关门了。原来,快餐店的店员中午并不饥饿,就没有吃午餐。下午还没等到太阳落山,就已经饿得不得了,连忙和面,用烤炉烤了几个又大又香的汉堡包,被顾客们一扫而光。

这下子,可是乱套了。

每个人饿肚子的时间不一样,自然每个人的早上、中午、晚上都不一样,就

第四辑　小说

像每个人身上都怀揣着一个自己的小闹钟，精灵王国就有了成百上千个小闹钟。

这么多闹钟同时运行，事情就乱套了。

拥挤的居民们仍然在花园里吵吵闹闹，小精灵们飞舞在玉树周围，听着大家的述说。

小公主这下子可为难了。

大臣们呢？平时很爱到宫殿中嚷嚷的大臣们这下子也不见了，现在还没到他们的早上呢。

小公主这下子犯难了。

算了，算了，这下子真的会乱套的。

面对汹涌的人潮，扭扭小公主下定决心，宣布恢复最初的设定，时针还是时针，分针还是分针。

过了一天，又过了一天。

无论是街道，还是宫殿，都是一片祥和。

时针开心地滴滴答答地笑着，分针也开心地滴滴答答地笑着。

亲爱的小朋友们，现在你们知道认识时针和分针的重要性了吗？

赵帅，以故事临摹人生，以戏剧表达世界，以灵魂触动灵魂。是描述者，更是诚挚的摆渡者。

1989年的春节

陈树茂

我问大哥，还记得1989年的春节吗？

大哥感叹一声，怎么会不记得。那年，我考上大学，家里刚好修建祖屋，又欠下一屁股债。那年，是我们家最困难的一年。我从来没有见过老爸那么憔悴过。以前，每到大年三十晚上，老爸都会出去玩玩纸牌，图点开心，然后输了或是赢了，都会在十一点半前回来，和我们两兄弟放开门炮。放完开门炮，老爸都会说说今晚的运气怎样，今年的年运怎样，我们都会在拜完祖先后，吃点斋菜再睡觉，期待一觉醒来穿新衣服。但是，那年三十，老爸没有出去玩纸牌，而是给我们几个兄弟姐妹派完压岁钱后，自己早早睡觉去了。我开始以为老爸累了，那年老爸确实也累了，为了修建祖屋，本来自己没有积蓄的，向亲朋好友借了不少钱，刚好我那年考上大学也需要不少钱，一向性格开朗的老爸，竟然变得有点沉默寡言了。老爸累了一年，早点休息也正常，但是后来我才知道，那晚老爸身上只剩二十块钱。说到这里，大哥忍不住掉了眼泪。就是那晚，我才开始懂得，一家之主的难处，也是那晚，我才真正长大。

我问大姐，还记得1989年的春节吗？

大姐还没说话，就开始抽泣起来。那年，我读初三，本来我还想继续读高中的，或能考上大学，或许能和你们一样在大城市工作的。但，就是那年三十晚上，

第四辑 小说

我就决定不考高中了,出来打工帮家里还债。大姐言语中丝毫没有怨恨。那晚,老妈出去卖菜很晚才回来。老妈说,那天的菠菜很好卖,她卖完一担菜后,又赶到菜地割了一担,然后向借钱的亲朋好友挨家挨户送菠菜去,希望他们过年期间不要来讨债。那晚,外面下着蒙蒙细雨,老妈淋湿了全身,但她还没有忘记帮我们几个兄弟姐妹买新衣服,新衣服用塑料袋包裹着,放在她的湿菜筐里。老妈一人一件分给我们。后来,我才知道,那晚老妈还发高烧,但她没有和任何人说,包括老爸,她怕老爸知道要去开药。她竟然挺过来了。大姐说了一半,成了泪人。

我问小妹,你还记得1989年的春节吗?

小妹说,大概记得吧。就是那年,大哥第一次说他不用买新衣服。大姐说她不考高中了,还被老爸打了一顿。我记得,那年团圆饭,桌上没有鱼肉,只有青菜,我还哭着说,没有肉,不吃饭了,后来是你偷偷给我拿来一碗卤肉饭,我才吃的。我后来才知道,我们家那年没有钱,买不起鱼和肉,我一直不知道你那碗肉怎么来的?从那年开始,我们每年的压岁钱都全部交给老妈,作为来年的学费。我现在也是这么要求自己的小孩的。

1989年的春节,我记忆中是细雨蒙蒙的。

那年三十晚上,大哥强忍住泪水说,他不要新衣服。大姐因为不想考高中被打了一顿,哭了一场。小妹因为没肉,哭闹着不吃饭。妈妈淋湿了,还发高烧,我知道了,她还叫我不要告诉其他人,尤其是爸爸。爸爸奔跑了一天,吃完饭,早早去休息,我看到老爸在床上偷偷擦眼泪。

小妹一直追问,那晚的卤肉哪里来的?我不告诉她,那是我家唯一一块准备祭拜祖先的卤肉,我偷偷切了一小块。千万不能让爸妈知道,那对祖先可是大不敬哦。

雨从年三十一直下到初一早上。大年初一早上醒来,我们几个兄弟姐妹还是照常穿上新衣服。老妈照常对我们说,大年初一遇到人要说好话哦。老爸还像往年一样鼓励我们,今年我们的家运不错呢。

初一早上,雨停了。太阳出来了,照在我们新搬的房子上格外耀眼。

茶 壶

陈树茂

父亲逢人就说，他有两大宝贝，一个是随身三十多年的紫砂壶，一个是刚满月的孙子，父亲得意地叫他"小茶壶"。

父亲喝着紫砂壶冲出来的茶，讲着茶壶的故事总是很陶醉。我已经听了三十多年了，每个故事情节几乎都能背下来，但是妻却很感兴趣，这几年成了父亲的一个好听众。

那是三十五年前的事，父亲品着浓浓的香茶又讲起了往事："那年冬天，我们连队出去演习，我不小心掉进了河里，杨班长救了我，那次班长冻坏了腿，后来还因为腿不好，无法提干。退伍的时候，我知道班长喜欢喝茶，特意叫人买了一对紫砂壶，各刻了'友谊'两个字，送了一个给他。"

每次，父亲都会感叹，三十几年没有联系了，不知道杨班长怎样啊？尤其是近几年，父亲退休后空闲时，经常会翻翻老照片，回忆往事，有时还会眼眶红红的。

这次，父亲来省城探望孙子，随身还带来另一个宝贝。

"小茶壶"最近刚学会叫爷爷，听起来像"呀呀"，逗得父亲很开心。有了孙子这个宝贝，父亲也多了一份精神寄托，每天带孙子、喝茶，但有时还会经常想起杨班长。

第四辑 小说

一天，父亲正在喝茶，"小茶壶"刚学会走路，摇摇晃晃地走向父亲，一不小心撞到茶几，"啪"的一声，"小茶壶"和紫砂壶都掉到地上。父亲急忙抱起"小茶壶"，心疼地问，哪里摔痛了，哪里摔痛了？妻急忙从厨房出来，抱过"小茶壶"。我从书房跑出来，看到父亲满脸失落，手里拿着几片茶壶碎片，紫砂壶打破了！

我很内疚地对父亲说："明天一定去茶叶市场买一个回来。"父亲摇摇头说："买不回来的啦。"妻打了一下"小茶壶"屁股说："都是你不好，打坏了爷爷的茶壶。"儿子哭了起来，嘴里叫着"爷爷"。父亲抱过小茶壶说："不要打了，茶壶已经打坏了，不要再打坏'小茶壶'了。"

父亲比较迷信，他认为茶壶坏了，可能是某些不好的先兆。他担心会像当年打烂了母亲的定情手镯一样，第二年母亲就去世。

几天后，"小茶壶"不小心烫伤，父亲更加担心，不知道还会出现什么事？我解释说，没事的，巧合而已。父亲还是满脸疑惑，嘴里还说着，还不知道杨班长会不会出事？

我发现父亲近来精神不大好，一问才知道他晚上睡不好，老想起往事，老想起杨班长。我几次开导他，也不见效果。妻也开始担心起来，要想想办法才行啊。

有几个晚上，半夜还见到妻在电脑上查资料，我问查什么，妻神秘地说："查到再告诉你。"几天后周末，妻买了很多菜，我问他今天什么大好日子啊？妻很神秘地说，你等一下就知道。

中午时，门铃响了。妻说，客人来了。父亲开的门，他惊讶地大叫一声："杨班长。"门外的客人正是父亲三十几年不见的杨班长，杨班长还带来了另一个紫砂壶。

原来，妻在一个文坛上搜索到一篇关于茶壶的文字，写的有点像父亲和杨班长的故事。作者正是杨班长的儿子，杨班长也在念念不忘与父亲的这段感情，刚好杨班长这段时间也来省城探望儿子,所以才联系到他。

杨班长留下了茶壶,还约好以后常来一起喝茶。

当晚,父亲睡得很香很香。

陈树茂,男,广东陆丰人,系广东省作家协会会员、广东省小小说学会副秘书长、广州市小小说学会秘书长。已出版个人小小说集3本。